내 꿈은 날아 차

내 꿈은 날아—차

고선규 지음

작심삼일 다이어터에서
중년의 핵주먹으로!

20년 차 심리학자의
태권도 수련기

한겨레출판

평생의 우량함을 물려주시고 떠난

아버지를 기억하며

프롤로그

심리치료자로서 누군가의 죽음이 아니었다면 만나지 않았을 사람들을 만난다. 내 앞의 내담자는 누군가의 죽음으로 인해 삶의 의미 없음과 공허함, 감당하기 힘든 변화의 소용돌이 속에서 아파하는 사람들이다. 정신건강 전문가의 자기 돌봄의 중요성, 특히 트라우마를 겪은 사람들 곁에 있는 정신건강전문가들의 정신건강 이슈는 잊을 만하면 나오는 학회 심포지엄이나 워크숍의 주제다. 나 역시 그렇다. 대리외상이나 공감피로, 소진에 주의하려고 애쓴다.

가끔 내담자조차 내 정신건강을 걱정한다.

'이런 얘기를 계속 들으면 힘들지 않으세요?' 자주 받는 질문이니만큼 모범 답안 몇 개를 가지고 적당한 대답을 하며 내담자를 안심시킨다. 엄청난 비극을 겪은 사람들은 고통에 공감받기를 원하면서도 자신의 비극이 행여 타인에게 불편함을 끼치지 않을까 불안해하기도 한다.

큰 어려움 없이 몇 년이 흘렀다. 그렇게 많은 상담을 하는 것도 아니고 여가 생활도 하고 의미 있는 활동도 하면서 커리어를 잘 쌓고 있다고 생각했다. 그러나 내가 알게 되는 죽음이 늘어날수록 비극적인 죽음과 트라우마의 콜렉터가 된 듯한 느낌이 들 때도 있고 어지간한 죽음에는 고장 난 심장처럼 동요가 일지 않기도 했다. 모든 사례가 그런 것은 아니지만 어떤 죽음과 남겨진 사람의 이야기는 가슴이 저미게 아파 며칠 내내 그 이야기가 머릿속에서 떠나지 않을 때도 있다. 그러나 어느 순간부터, 내담자들에게는 완전히 변해버린 삶에 적응하고 새로운 의미를 발견하도록 안내하면서도 정작 나는 '그럼에도 불구하고 희망을 버리지 않는 삶'이란 도대체 어떻게 해야 하는 것인지 사춘기 청소년처럼 혼란스러워졌다. 상실과 애도에 대한 모든 책은 결국 사랑으로 끝을 맺지만 과연 나는 사람과 이 세상에 대한 연민과 사랑의 마음이 있는가 의심스러웠다. 물론 내 나이를 생각하면 갱년기 전조로 생각할 여지도 있었다.

나는 농담을 좋아하고 냉소적인 유머를 즐기는 사람이다. 다른 사람을 예민하게 관찰해서 흉내를 내고 어디서 주워들은 얘기에 살을 팍팍 붙여 친구들을 웃긴다. 버라이어티 예능 PD나 작가를 했다면 대성했을 것 같다는 얘기를 많이 들었다. 물론 우리 직군의 사람들이 유달리 진지하고 재미가 없어서 곧이곧대로 들을 만한 것은 아니라는 것도 안다.

여러 이유로 돌파구가 필요한 시기에 태권도를 시작했다. 충동적인 결정이었다. 완벽하게 낯선 곳에서 지금까지 안 해본 것을 해보고 싶었다. 나를 그저 뚱뚱한 동네 아줌마 정도로 아는 사람들 속에서 말이다. 큰 기대 없이 시작했고 몇 개월 하다 그만둬도 상관없다고 생각했다. 나는 운동을 좋아하거나 즐겼던 사람이 아니니까. 잠깐 '부캐(부 캐릭터)'를 얻은 듯 완전히 다른 사람처럼 행동해보는 것도 괜찮겠다 싶었다.

걷기보다는 앉아있는 것을, 앉아있는 것보다는 누워있는 것을 좋아하는 삶을 살았다. 서둘러 뛰어가서 떠나려는 버스를 잡기보다는 다음 버스를 기다리고, 횡단보도를 건너간 후에라도 신호등에 여전히 5초 정도 남을 정도가 되어야 길을 건넌다. 인간이 가진 감각 중 신체감각을 제일 적게 사용하며 살았다. 몇 년 있으면 쉰 살이 된다. 생생하고 팔팔했던 감각들도 비효율적일 수밖에 없는 나이가 돼서야 태권도를 시작했다. 그동안 묵혀두고 쓰지 않았던 나의 사지를 가동시켰다. 그것도 아주 격렬하게. 그리고 깨달았다. 나는 운동을 싫어한 게 아니라 나와 맞는 운동을 찾지 못한 것이었으며 조절을 하지 못했을 뿐 엄청난 힘을 가지고 있다는 것을 말이다. 나는 운동신경이 없는 것이 아니라 내가 가지고 있던 운동신경에 적합한 운동을 만나지 못했던 것이었다. 내게 맞는 운동은 사실 격투기였다. 태권도 수련을 하면서 오랫동안 내 안에 깊숙이 자리 잡았던 자기개념 속 '뒤듬바리'를 수정했다. 숨겨왔던 파워를 내가 인정했고 인정받았다. 또래에 비해 힘이 세다는 것은 어렸을 때부터 알았지만 내놓고 자랑할 만한 일은 아니라고 생각했다. 몸을 쓰는 것은 머리를 쓰는 것보다 열등한 것, 힘이 센 여자는 여자답지 못하다는 편견에 나도 동조했기 때문이다.

태권도에 재능이 있다는 사범님의 칭찬을 들으며 중년의 태권도 꿈나무가 되었다. 마치 국가대표 상비군이라도 된 듯한 느낌이다. 밤이 되어 도복을 주섬주섬 입고 나서다 보면 뒤늦게 춤바람이 난 사람의 마음을 알 것 같다. 나이트 클럽 입구에서 둠칫둠칫 심장을 두들기는 음악 소리에 몸이 먼저 반응하며 신이 나듯 환한 조명 아래 새하얀 도복을 입고 활기차게 도장을 휘젓는 사람들을 보면서 나는 중년의 핵주먹으로 변신한다.

평생을 다이어트와 씨름하다 결국 타고난 것은 거스를 수 없음을 받아들였다. 50대를 몇 년 앞두고(50대를 코앞에 두고라고 하면 독자들이 49세라고 생각할까 봐 부득불 몇 년 앞두고라고 적고야 마는 나를 관찰한다) 젊고 날씬한 몸이 아니라 강한 몸을 만드는 방향으로 전환한 것은 노화가 던져주는 작은 부스러기 같은 장점인지도 모르겠다. 태권도는 완전히 새로운 움직임의 세계이며 그 속에서 용기를 얻었다. 중년의 다시 만난 세계! '다.만.세' 라고나 할까.

나이는 숫자일 뿐이라는 말을 믿지 않는다. 눈은 침침해지고 조금만 뛰어도 숨이 차고 굳어버린 관절은 삐걱삐걱 겨우 발차기를 하게 만든다. 오늘 배운 품새 동작을 유튜브로 복습하지 않으면 금방 잊어버린다. 무리하다가 부상도 당했는데 운동하다가 당한 부상은 처음이라 은근히 뿌듯했다. 나는 길을 걷다가 맥없이 발목이 꺾이는 사람이었으니까. 심리치료가 자기 이해, 자기 발견, 자기 돌봄의 과정이라면 태권도가 나에게 그런 역할을 했다.

멈추지 않고 천천히 수련을 이어가 보려고 한다. 그러다 보면 환갑쯤 날아차기를 하고 있을 수도 있겠다. 많은 여자가 강철같이 강한 몸을 만들었으면 좋겠다. 기세 좋게 세상을 향해 기합 소리를 내지르며 팔과 다리로 장애물을 격파하듯 구속하고 제약하는 것들을 시원하게 무너뜨리는 최종병기 같은 여성이 많아졌으면 좋겠다.

가자 도장으로, 오라 태권도로!

"내가 주먹을 주는 것은 하나의 단단한 나무를 쓰러뜨리기 위함이 아니요, 부풀어 오르는 가슴, 그 속의 불길을 내뿜기 위함이 아니요, 저 높은 곳을 향해 날개를 달기 위함이 아니다. 다섯 손가락이 조용히 긴장하는 손 안의 작은 공간에서 무한히 열리는 삶을 위한 길로 들어서고자 함이니."

– 태권도의 철학적 원리, 이창후 –

차례

2장 평생 우량한 삶

3장 중년이 된 영심이

4장 야, 너도 태권도 할 수 있어

5장 중년의 태권도 친구들을 소개합니다

1장

태권, 도를 아십니까?

22

마루치 아라치, 태권도의 시작

모든 시작은 태권동자 마루치 아라치가 허공에서 날아차기를 하고 있는 장면을 프로필 사진으로 등록해 놓은 친구의 카톡을 본 순간이었다. 마루치 아라치의 이름으로 세대를 나눈다면 완전히 처음 듣는 사람, 영화 〈아라한 장풍대작전〉의 주인공 이름으로 기억하는 사람(이 영화도 10년이 훌쩍 넘었다!), 1977년에 제작된 국내 애니메이션 〈태권동자 마루치 아라치⚡〉로 기억하는 사람, 이렇게 세 부류로 나뉘지 않을까. 나는 〈태권동자 마루치 아라치〉를 TV로 직관한 세대다. 포탈 검색창에 〈태권동자 마루치 아라치〉를 검색하고 이미지를 누르면 첫 번째로 나오는 안쓰러운 저화질의 그 이미지를 다운받아 프로필 설정에 올렸을 친구의 '심리'가 궁금했다.

몇 안 되는 나의 친구들 중 따뜻하고 예쁜 말을 가장 자연스럽게 할 수 있는 그녀는 명상 훈련을 몸소 실천하고 교육하고 있는 학자이다. 상담실의 모습과 실제 생활의 모드 전환이 빠른 나와는 다르다.

친구와 일상적인 대화를 할 때도 때로 상담을 받는 것 같은 느낌이 들 때가 있다. 대화 중

⚡ MBC 어린이 라디오 연속극 〈마루치 아라치〉에 기초해 제작된 임정규 감독의 첫 번째 애니메이션으로 이전의 한국 애니메이션이 일본에서 아이디어를 차용해 제작되었다면, 임정규 감독의 〈태권동자 마루치 아라치〉는 한국인이 만든 오리지널 작품으로 완성되었다. 이 작품은 서울 관객 기준으로 16만 명을 동원해 비슷한 시기 개봉한 〈로버트 태권브이 3-수중특공대〉를 넘는 흥행기록을 남겼다. 이 작품은 1988년 올림픽 개최를 앞두고 MBC를 통해 TV시리즈로 리메이크되기도 했으며, 류승완 감독의 〈아라한 장풍대작전〉(2004)의 주인공 이름으로 차용되는 등 오랫동안 생명력을 유지해왔다[출처: 한국민족문화대백과사전(태권동자마루치아라치(跆拳童子마루치아라치) 산속의 동굴에서 생활하는 마루치와 아라치는 등산을 온 박사의 눈에 들어 함께 도시로 가게 된다. 태권도 경연 대회에 나간 마루치는 괴한의 습격을 받고 배후에 있는 파란 해골 13호가 할아버지를 죽인 원수라는 것을 알게 된다. 할아버지의 죽음에 복수하기 위한 마루치 아라치의 여정이 이 애니메이션의 핵심 줄거리다.

간중간 부드럽고 따뜻한 목소리로 '~그랬구나'의 맞장구를 듣다 보면 대화는 어느새 훈훈한 엔딩이 된다. 누군가의 뒷담화를 할 때도 내가 말하면 진짜 '욕'처럼 들리지만 같은 내용이라도 그 친구가 얘기하면 고개를 끄덕일 수 있는 객관적인 평가처럼 들린다.

요즘 시대 SNS 프로필 사진은 타인에게 보이고 싶은 '나'라는 사람의 이미지이자, 나의 심리, 정서 상태에 대한 순간의 기록이자, 내가 무엇에 관심이 있고 무엇을 하고 싶은지 알리는 게시판의 기능이 있다. 그녀는 늘 그녀다운 프로필 사진을 등록해 두는 반면 나는 내가 순간 사로 잡혔던 현대 미술 작품이나 사진들을 올려놓는다. 조금 어둡고 기괴할 때가 있으며 때때로 고독한 것들이다. 가끔 친구는 "선규야, 이거 좋고 예뻐서 올려놓는 거지?"라고 조심스럽게 묻는다. 친구의 프로필 사진에는 두 마리의 백조가 머리를 맞대어 하트를 그리고 있거나 계절에 맞는 꽃과 풍경 사진, 레몬 사진 위에 'When life gives you lemons, make lemonade' 명언이 쓰인 아름답고 교육적인 것들을 등록해 둔다.

하지만 지금 그녀의 프로필 사진에 그 옛날 마루치 아라치가 날아차기를 하고 있다. 사소하고도 미묘한 변화조차 예민하게 포착하고 그 의미를 발견하는 일, 내가 매일 상담실에서 하는 일이므로 그냥 넘어갈 수 없었다.

'뭔가 있구만 있어!'. 처음에는 그녀가 고민했던 어떤 대인관계에서 균열이 발생했다고 생각했다. '드디어 들이받는구나. 맞짱을 뜨기로 했구나!'. 나다운 생각이다. 심리치료의 이론 중 인지행동치료 초반에 주목하는 것은 한 개인이 어떤 상황에 대해 내리는 즉각적이고 자발적인 평가, 즉 자동적 사고(automatic thought)를 확인하는 것이다. 여기서 핵심은 즉각적이고 자발적이라는 것인데 이것은 마치 발바닥을 막대기로 좍 긁었을 때 발이 움츠러들거나 무릎을 작은 망치로 치면 내 의지와 상관없이 번쩍 들어올려지는 각종 반사 반응과 같은 속성을 포함하고 있는 생각이라는 점이다. 그래서 '자동적'이라는 형용사가 붙었다. 일부러 훈련하여 의식하지 않으면 잘 모르는, 순간 스쳐 지나가는 이런 자동적인 사고들은 어떤 상황에서 한 사람이 보이는 정서적, 행동적 반응을 일으키고 반응의 종류를 결정하는 데 중요한 역할을 한다.

꽃 사진 같은 식물 사진을 게시하던 사람이 태권도 발차기와 같은 사람 운동 반응의 이미지를 올린 이 급격한 변화는 갈등적인 대인관계 상황에서의 변화를 의미한다고 추정할 수 있었다. 심지어 발차기라는 공격적인 움직임을 보아 이것은 분명 고민하던 그 관계에서 뭔가를 결정했다고 생각했다. 그래, 너도 늘 예쁘고 아름다운 말만 할 수는 없는 거겠지. 그때 나는 그녀가 누군가를 향해 발차기 하고 싶을 정도로 미운 마음이 있다는 걸 확인하고 싶었다. 그 재밌는 얘기를 놓칠 수 없다. 당장 전화를 걸어 물었다.

"발차기 해주고 싶은 사람 있어?"

친구의 대답은 이랬다.

"나 태권도 배워. 너무 재밌어. 너도 해봐."

내가 또 쓸데없이 깊게 생각했다. 심리학자의 불치병이다.

친구와 나의 나이는 자식을 태권도장에 보내고도 한참 남을 나이이다. 친구의 얘기를 듣는 순간 '얍얍얍' 손을 허공에 허우적거리면서 무릎 높이까지 겨우 발차기 하며 360도 춤을 추듯 한 바퀴를 도는 개그맨의 모습이 떠올라서 깔깔대고 웃었다.

친구는 진지하게 나에게 권했다.

"너랑 어울려. 네가 하면 재밌어 할 거야. 한번 해봐."

나랑 왜 어울린다고 생각했을까? 그때는 미처 물어보지 못하고 지나갔다.

28

태권도는 애들 운동 아니에요?

나에게 태권도는 초등학교 저학년 학부모들이 선호하는 예체능 학원 중 하나일 뿐이었다. 초등학교를 품은 아파트 단지 상가에는 태권도의 명가로 알려진 K대와 Y대 간판을 걸거나 타이거와 블랙벨트를 내 건 태권도장이 반드시 있다. 엄마들에게 태권도장이란 무엇인가? 자신이 감당하기 힘든 남아들의 에너지를 발산하고 소비할 수 있는 곳이자 덤으로 인성과 예절까지 배울 수 있는 곳이다. 내향적인 아이들에게는 자신감과 사회성을 부여하고, 뚱뚱한 아이들에게는 체중감소를 하게 하고, 주의가 산만한 아이들에게는 집중력을 기르게 하는 것이 태권도장에 보내는 목표다. 태권도 학원에서 태권도를 홍보할 때도 그 점을 강조한다.

초등학교 저학년 아이를 둔 직장 엄마의 학원 선택 기준 중 가장 중요한 것은 안전한 픽업과 타학원으로의 정확한 인계이다. 도복을 입은 젊고 건장한 사범님이 노란색 학원 버스를 몰고 와 교문 앞에 잠시 정차한 후 학원 갈 아이들을 챙겨 태운다. 아이들은 버스에 타기 전에 사범님을 향해 공수(拱手) 자세로 인사하고 버스에 오른다. 어떤 태권도장은 공수와 함께 큰 소리로 '사범님! 안녕하십니까'를 외치게 할 때도 있다. 3월의 초등학교 교문 앞은 아이들의 하교 시간에 맞춰 픽업을 하려고 모여든 학부모들로 북적거린다. 엄마가 아니면 아빠가, 혹은 조부모가, 때로는 한국말이 다소 어색한 이모님이 교문에 모여 있다. 직접 나올 수도 없고, 하원을 맡기거나 부탁할 수도 없는 직장맘들은 자기 대신 아이를 픽업해줄 학원에 의지할 수밖에 없다. 이 경우 학원에 보낸다기보다는 '학원을 돌린다'는 표현이 적당한데 첫 스타트로 태권도장을 선택하는 학부모가 많다. 남아라면 더더욱 그렇다. 초등학교 저학년을 대상으로 노란색 학원 버스를 운영할 수 있는 학원은 단체 수업을 하는 곳이어야 하며 이 기준을 충족시킬 수 있는 학원은 태권도나 축구 같은 운동학원일 때가 많다. 그래서 요즘의 태권도장은 태권도를 배우고 수련하는 도장(道場)이라기보다 초등학교 저학년 아이들의 방과 후 돌봄의 기능을 탑재한 태권도체육관(gym)에 가깝다.

지역 '맘카페'에서 엄마들의 마음을 움직이는 태권도장 후기는 이런 것이다. "젊은 사범님이 애들하고 얼마나 잘 놀아주시는지 하루 운동량을 다 채우는 것 같아요. 도장만 다녀오면 애가 일찍 자서 너무 좋아요. 그리고 어른들한테 존댓말하는 생활습관도 생겼어요, 인성교육도 잘 시켜주시는 것 같아요."

태권도장이라는 곳을 처음 방문한 것은 아이의 단체 생일파티 때문이었다. 초등학교를 입학하게 되면 반 단위로 묶이거나 같은 반에서 남, 여로 묶여 함께 참여해야 하는 모임들이 많아진다. 반대표와 부대표 엄마의 지휘 아래 '생활체육'이라는 활동을 함께하는데 남자아이들은 축구를, 여자아이들은 줄넘기를 비롯한 각종 체력 증진 운동을 배우게 된다. 하지만 체력보다는 아이의 사회성 증진, 좀 더 쉽게 말하자면 '친구 만들어주기'에 가까운 단체 활동이다.

생활체육과 더불어 같은 반 아이들의 단체 생일잔치도 초 1학년의 중요한 월례 행사 중 하나인데 엄마들이 선호하는 생일잔치 장소가 바로 태권도장이다. 같은 달에 생일을 맞이한 아이 엄마들이 돈을 추렴해서 케이크와 간식을 사고 체력 좋은 사범님은 아이들의 혼을 쏙 빼놓을 레크리에이션을 진행한다. 장애물 하나 없는 넓은 도장, 사방이 거울이라 망아지처럼 뛰는 자신의 모습을 볼 수 있는 곳. 생일잔치로는 더할 나위 없이 좋은 장소이다. 엄마들 사이에 인기 있는 태권도장에는 이런 종류의 파티를 주최하기에 적당한 각종 도구들이 구비되어 있고 사범님은 어떤 명 MC 부럽지 않게 분위기를 띄우는 멘트를 날리며 엄마들의 마음을 흡족하게 한다. 이렇게 현실에서 내가 만난 도복을 입은 성인 태권도인은 학원차를 운전하는 태권도인이거나, 아이들의 생일파티를 진행하는 태권도인이 전부였다. 아이들이 주고객인 태권도장들은 주고객의 니즈에 맞는 프로그램을 운영할 수밖에 없는 것이 현실이고 그렇게 점점 성인이 태권도를 배울 수 있는 곳은 사라져갔다.

국기원은 도서관 아니에요?

강남역에서 역삼역 방향으로 걷다가 좌회전을 해서 급경사 오르막길로 꼭대기까지 오르면 국기원을 만날 수 있다. 일천구백구십년대 초반 나도 국기원을 들락날락한 적이 있었다. 그때 우리들은 그곳을 국기원 도서관으로 불렀다. '국기원 가자'라는 말은 국기원에서 잠시 공부를 하다가 강남역으로 놀러 가자는 의미를 품고 있었다. 강남역에서 본격적으로 친구들과 즐거운 만남을 하기 전 '그래도 오늘 책 한 자는 봤다'라는 구실을 만들어주기 좋은 곳, 국기원 도서관. 물론 도서관에는 우리와 같은 마음으로 모인 청춘들이 꽤 많아서 도서관 분위기는 별로 학구적이지 않았던 것으로 기억한다. 국기원에서 대기하다가 해가 지기 시작하면 강남역 뉴욕제과 앞에서 친구를 만나 민포카에서 레몬소주를 먹고 강남구, 서초구 친구들이 한 방향으로 갈 때 홀로 강서구로 돌아갔던 20대 시절. 그 추억의 한편에 국기원이 있다. 나에게는 유흥의 에피타이저 같은 공간으로, 아이에게 태권도를 꾸준히 시킨 엄마들이 '우리 애가 국기원 심사를 보러 가요'라는 말을 할 때 국기원을 중심으로 그 주변부에서 열렬히 놀았던 때를 잠시 떠올렸을 뿐, 국기원에 입성하여 심사를 받는다는 것이 태권도인에게 어떤 의미인지는 알지 못했다. 국기원에서 심사를 받는다는 것은 익숙한 도장 사범님 앞에서 승급 심사를 받으며 한 단계 한 단계 알록달록한 태권도 띠를 교체하고, 최소 1년에서 2년 정도 열심히 도장에 출석했다는 의미다. 아이를 태권도 학원에 보내면서도 태권도를 잘 모르는 학부모들은 국기원 심사비가 비싸다고 구시렁대지만 그래도 내 아이에게 검정띠를 매주기 위해 기꺼이 지불한다. 보통 유치원에서 초등학교 1학년 때 태권도를 배우기 시작하니 꾸준히만 한다면 초등학교 3~4학년 때쯤에 검정띠를 딸 수 있다. 학부모들에게 태권도 학원의 효용은 거기까지다. 수많은 어린이 태권도인들의 대다수는 다시 태권도장을 찾지 않는다.

36

싫은 것이 더 많아진 중년에 태권도를 시작할 수 있을까?

이유는 확인할 길 없지만 (어쨌거나 나랑 잘 맞을 것 같다는 믿을 만한 친구의 권유가 있긴 했지만) 필라테스나 요가를 시작하듯 무턱대고 등록하기에 태권도는 심리적 허들이 높은 운동이었다. 지역 맘카페에 들어가 보면 우리 지역에 괜찮다고 소문난 필라테스, 요가 학원과 강사에 대한 정보는 넘쳐나지만, '제가 다니는 태권도 도장이 이렇게 좋습니다'라는 소감을 올린 경우는 본 적이 없다. 그러니 도장에 가서 뭘 배우는지, 운동의 강도가 어느 정도인지, 운동신경이 전혀 없는 사람이 해도 괜찮은(할 수나 있는) 운동인지 가늠하기가 어렵다.

아파트 상가 건물 안에서 오며 가며 태권도 수련을 하는 어린이들을 본 적이 있는데 대부분 두 팀으로 나눠 달리기 시합을 하거나 바닥에 있는 카드를 미친 듯이 뒤집거나 음악에 맞춰 줄넘기를 하는 모습이었을 뿐 TV에서 봤던 태권도를 하는 것을 별로 본 적이 없다. 만약 성인 태권도 수련에서 내가 오며 가며 봤던 어린이 태권도 수련과 비슷한 훈련을 한다면 별로 가고 싶지 않았다. 유튜브에 성인 태권도를 검색하면 내가 봤던 어린이 수련과는 차원이 다른 기예에 가까운 태권도 기술을 구사하는 성인들이 우르르 나온다. 저런 기술을 배우는 것이 태권도라면 과연 내가 따라갈 수나 있을까 하는 생각이 든다. 그런데 멋있기는 진짜 멋있다. 내가 저 비슷한 흉내라도 낼 수 있다면 '보여줄게 완전히 달라진 나'로 인생 2막을 열 수 있을 것 같은 느낌이 들었다.

태권도도 태권도지만 사람의 말과 행동, 태도에 예민하고 까다로운 나는 어떤 사람에게 배우느냐도 중요했다. 교양 없이 뭔가를 강요하거나 너무 말이 많거나 경계 없이 친밀감을 마구 표현하는 사람은 좋아하지 않는다. 나에게 차멀미보다 더 힘든 것이 사람멀미임을 알기 때문이다. 무척 자기주장인 듯 보이는 인상이지만 의외로 따박따박 따지지 못해 여기저기 호구 잡히는 편이라 어디서 무엇을 하든 늘 누구와 함께 하느냐가 중요하다. 그래서 태권도보다도 어쩌면 사범님이 어떤 사람인지 파악하는 것이 더 필요했다.

도장 홈페이지에 들어가 관장님의 인상과 그분의 이력을 차근차근 살펴보았다. 나이는 정확히 추측하긴 어렵지만 청년이 아니라는 것은 확실해 보였다. 검정색 도복을 입고 도복 허리띠에 살짝 손을 걸치고 서 있는 모습이 당당하고 자신감 넘쳐 보였다. 17 대 1로 겨뤄도 상대방을 초토화시킨 후 코피를 줄줄 흘리게 할 것 같은 아우라다. 도서관에 접속하여 관장님이 썼다고 표시된 석사 논문과 무예학회지에 실린 논문을 읽었다. 제목은 〈태권도 사범으로서의 삶과 경험에 관한 내러티브 탐구〉였다.

내가 잘하는 것과 다른 사람을 잘 가르치는 것은 매우 다르다. 내가 만났던 몇몇 교수들도 그랬다. 자신이 너무 똑똑해서 제자들이 따라오지 못하는 것을 이해할 수 없어 하는 교수들. 그런 교수 앞에 서면 한없이 초라한 나를 만나게 된다. 관장님의 석사 논문을 읽어보니 우리 관장님은 태권도를 잘 가르치는 것에 대해 고민하는 분이라는 확신이 들었다. 결론 내렸다. 이분을 사부님으로 모시자. 이미 마음은 송판을 격파하고 540도 돌려차기를 하고 있는 나를 상상한다. 정보 수집은 끝났으니 이제 직접 그분을 실물 영접하고 수련 환경을 봐야 한다.

수련 시간에 맞춰 참관을 갔다. 내 눈앞에서

하얀 도복을 갖춰 입은 여성 열댓 명이 다 함께 파이팅 넘치는 움직임을 하는 모습을 보고 있자니 이전에는 별로 느껴보지 못한 가슴 벅참이 솟구쳤다. 완전히 다른 세계로 들어온 느낌이었다. 영화 〈미드소마〉의 주인공 대니가 마을에 입성해 순백의 옷을 입고 절정의 행복을 느끼는 듯한 표정의 마을 사람들을 처음 봤을 때 느낌이 이런 게 아니었을까.

한 올 흐트러짐이 없는 깔끔하고 단정한 숏컷의 관장님은 검정 도복을 입고 있었다. 단전에서부터 끓어올려진 단호하고 우렁찬 목소리로 수련을 지도했다. 마이크 없이도 초등학교 운동장 정도는 가득 채우고도 남을 성량이다. 발걸음은 어찌나 가벼운지 날래고 잽싸다. 물 먹은 소금 부대자루 마냥 하루 종일 무거운 몸을 질질 끌고 다니는 나의 걸음과는 차원이 다르다. 관장님뿐 아니라 사범님들의 발걸음도 모두 그렇다. 그들에게는 나와 다른 중력이 작용하는 것 같다.

힘찬 기운이 그들 주변에 가득하다.

그들의 바이브가 낯설지 않았던 것은 학창 시절 좋아했던 여중, 여고의 체육부장들이 떠올랐기 때문이다. 여학교의 체육부장은 언제나 반 아이들에게 인기가 있었다. 특히 신체검사를 할 때 몸무게를 말해주고 받아 적는 일은 체육부장의 몫이었기 때문에 나는 체육부장과 좀 더 친할 필요가 있었다. 친교를 맺고 있는 체육부장들은 나만 들을 수 있는 나지막한 목소리로 몸무게를 들려주거나 좀 더 눈치가 있는 지혜로운 체육부장은 아예 소리를 내지 않고 적기만 해서 내 마음을 흡족하게 해주었다. 물론 나에게 없는 운동능력을 가진 그들이 부러웠기 때문이기도 했고 몸을 잘 쓰는 아이들은 심성이 배배 꼬이거나 불필요한 음울함 같은 것들이 적었기 때문이기도 했다. 적어도 내가 만난 체육부장들은 그랬다. 나는 체육부장들의 발걸음도 좋았다. 팔다리가 리드미컬하게 움직이며 발에 스프링을 달아 놓은 듯한 통통 튀는 특유의 걸음걸이. 그런데 여기 태권도장에 학창 시절에 내가 좋아했던 체육부장들이 모두 모여 있는 것만 같았다. 이미 등록을 결심하고 한 참관이었지만 직접 보고 나니 확신이 들었다. 저 에너지 속에 한번 빠져보자! 새로운 운동을 하려고 등록할 때면 그동안 어떤 운동을 해왔는지, 지금 운동을 하는 목적은 무엇인지에 대해 묻는다. 지금까지 당연하게도 체중감소 혹은 다이어트에 체크했다. 체크를 안 하면 이상한, 안 할 수 없이 자명한 체격이기 때문이다. 그런데 이번엔 내가 버렸다. 다이어트와 체중감소라는 목표를. 태권도라는 운동은 다른 마음으로 시작하고 싶었다. 새하얀 저 도복을 입고서는 뭔가 다른 목표를 세워야 할 것만 같았다. 건강해지자. 몸과 마음이 튼튼한 '운동뚱'이 되자!

태권도복이 잘 어울리는 여자, 난 그런 여자가 좋더라

도복을 받았다. 태권도복은 바지와 저고리, 띠로 구성된다. 바지는 다행히 고무줄이고 상의는 마치 남자 한복 저고리 같다. 코로나로 신규 회원 모집이 어려운 도장에서는 한시적으로 5만 원 상당의 도복을 준다고 했다. 새 옷은 언제나 환영이다. 그것이 도복일지라도. 도복 저고리 등판에 도장 로고가 크게 박혀 있고 바지에도 있다. 아마도 태권도복만 입고 도장에 오고 가지는 못할 것 같다. 이 옷을 입고 돌아다니면 아마도 사람들은 태권도장을 운영하는 관장으로 생각하지 않을까. 다음은 함께 수련하는 중년 동료가 도복 안에 입을 상의를 사러 운동복 매장에 갔을 때 들은 얘기다.

"고객님, 어떤 운동하실 때 착용하실 거예요?"

"태권도요."

"아, 사범님이시구나."

성인이 되어 태권도를 시작하면 한 달을 해도 사범급으로 본다는 장점이 있다.

사범님은 내게 여성 평균 사이즈보다 한 사이즈 위의 도복을 건네줬다.

"좀 큰 걸로 주세요."

"도복은 워낙 사이즈가 크게 나와서 괜찮으실 거예요."

"그래도 큰 거 주세요."

내가 고집하여 성인 여성이 평균적으로 입는 사이즈보다 두 단계 위의 도복을 받아들고 와서 착장 후 전신 거울에 서서 핏을 살폈다. 집에서 시착해보니 권하는 사이즈를 받아왔으면 큰일 날 뻔했다. 다른 수련생 도복 상의의 옆트임은 교집합의 형태로 겹쳐지는데 나는 옆트임의 맞물림이 거의 없다.

사람들은 얼굴만으로는 내 체격의 실체를 제대로 가늠하지 못한다. 의류매장 매니저들은 내가 집어든 사이즈를 보고는 "아이고, 손님한테 크실 거예요, 이것도 충분히 맞으세요. 일단 입어보세요. 크게 나온 거예요"라고 하며 55사이즈를 내미는 경우가 종종 있었다(물론 이것도 딱 40대 초반까지였다). 덩치 있는 여성 고객을 기분 좋게 하여 구매로 이어지게 하려는 상술일 수도 있겠다는 생각이 스치기는 했지만 아무런 근거 없이 얼토당토않게 그런 말을 할 순 없을 거라고 정신승리를 하기도 했다. 고집이 센 어떤 의류매장 매니저는 기어코 '나를 믿고 일단 입어보라'며 옷과 나를 피팅룸에 밀어 넣기도 한다. 설마 하면서도 혹시나 하는 마음에 옷에 몸을 넣으려고 했다가 지방이 친목도모를 하며 모여 있는 곳에서 병목 현상이 일어나며 옷의 흐름이 막힌다. 피팅룸 밖으로 나올 때 들고 들어간 옷을 그대로 손에 들고 나오면 매니저는 말한다. “왜 그냥 나오세요, 마음에 안드세요”라고 두 번 죽이는 코멘트를 한다. 나는 멋쩍은 미소를 띠며 “옷감이 조금 모자라네요”라고 하거나 “옷이 힘들어 하네요”라고 위트를 섞어 말한다. 이때 좀 더 프로패셔널한 의류 매장 매니저는 “전혀 그렇게 안 보이시는데, 고객님이 진짜 옷을 잘 입으신 거네요”라고 언급함으로서 끝까지 고객의 기분을 좋게 해주기도 한다. 그러나 중년의 한가운데 있는 이 나이쯤 되면 의류 매장 직원과 이런 실랑이를 할 필요는 없다. 이제 옷을 들고 대충 살펴봐도 이 옷이 내 몸을 어디까지 덮을 수 있는지 없는지 금방 알 수 있기 때문이다. 혹시나 하는 기대는 파는 사람도, 사는 사람도 모두 접었다.

필라테스나 요가를 할 때는 정확한 동작 여부를 확인하기 위해서 몸이 드러나는 옷을 입으라 한다. 몸에 피부처럼 감겨 살들을 잡아주고 눌러주면서 움직임을 자유롭게 해주는 에슬레져(athleisure)룩 같은 것들 말이다. 이런 옷을 입으면 살들이 은폐될 여유가 없다. 고기능 레깅스에, 스포츠 브라에 겨우 대충 살들을 수습해도 막상 팔을 하늘 높이 쭉 올리는 동작을 할 때는 수습됐다가 해체된 배와 허리 주변 살들이 거울에 모습을 비친다. 한 동작을 하고 상의를 끌어내리고, 다시 한 동작을 하고 바지를 끌어올리기 바쁘다. 스포츠 브라는 또 어떤가. 스포츠 브라는 입는 것도, 벗는 것도 익스트림 스포츠로서 마침내 성공적으로 입고 나면 진이 쏙 빠져 운동하러 갈 생각이 들지 않을 정도다.

필라테스를 배울 때 늘 강사의 몸매에 압도되곤 했었다. 필라테스를 해서 그런 건지 아니면 그런 사람이 필라테스 강사가 되는 건지 모르겠지만 상당 기간 필라테스 수업을 받은 경험으로 보자면 후자 쪽에 더 굳은 심증이 간다. 강사뿐만이 아니다. 필라테스를 배우러 오는 사람들도 마찬가지다. 살이 흘러넘쳐 줄줄이 겹치는 사람들을 본 적이 별로 없다. 몸매를 완벽히 드러내는 상하의를 쫀쫀하게 입어도 괜찮은 사람들만 있었다. 비싼 돈을 주고 개인 수업을 받았던 이유는 물론 나의 체력과 체형에 맞는 수업을 받고자 하는 이유도 일부 있었지만, 대형 거울 앞에 도열한 채 상대적으로 가장 넓은 공간을 차지하고 있는 압도적 양감의 나를 직면하고 싶지 않았기 때문이다.

양감이라고 하면 떠오르는 과거의 추억이 있다. 고등학교 미술시간, 양감을 설명하는 미술 선생님은 이렇게 설명했다. "얘들아, 부반장을 보면 뭐가 느껴지니. 그게 양감이야." 나는 덩어리(mass)였다.

그래서 개인 레슨을 해주는 강사는 일부러

푸근하고 인간적인 몸매의 강사를 찾았다. 그렇게 인간적인 정을 나누며 꽤 긴 시간 필라테스 수업을 해주었던 강사는 점점 여성의 몸에 좋다며 쑥뜸과 좌훈기와 마사지기를 슬쩍슬쩍 권유하기 시작해 그만두었다.

태권도복은 펑퍼짐하게 각 잡힌 도복 안으로 어느 정도 몸을 숨길 수 있어서 좋았다. 도복을 입고 거울 앞에 서서 이리저리 둘러보니 그럴듯하다. 솔직히 너무 잘 어울려 놀랐다. 십수 년째 달군 모래에 손을 푹푹 찔러 넣으며 철사장 수련이라도 한 사람 같다. 어찌나 듬직한지 소도 때려잡겠다.

수련을 시작하겠다는 결심 : 띠를 묶다

태권도 수련에서는 정갈한 도복과 옷매무새를 매우 중요하게 여긴다. 도복을 정갈히 입는 것은 마음과 몸을 수련함에 앞서 단정히 함을 의미한다. 수련을 마치고 사범님께 인사를 하기 전, "자, 뒤돌아서 도복을 정리하시기 바랍니다"라는 지시를 들으면 뒤돌아 주섬주섬 말려 올라가고 비뚤어져버린 도복과 바지를 정리하고 마지막으로 매듭을 묶고 돌아선다.

'창피하다'라는 단어는 미쳐 날뛰다·어지럽다 창(猖)에 풀어헤치다 피(被)로, 옷은 입었으나 끈과 띠를 매지 않아 헝클어진 모습을 말한다. 우리 의복 역사에 등장하는 허리나, 머리에 두르는 가늘고 긴 물건인 '띠'는 창피를 막아주는 마지막 매무새라고 할 수 있다. 시위자가 머리에 묶은 띠는 결사항전의 결심을 드러내는 상징이며 태권도복의 맨 마지막에 단단히 묶는 띠는 수련을 충실하게 임하겠다는 태도와 이제 곧 수련을 시작한다는 신호이기도 하다.

허리에 묶는 띠는 도복의 상의와 바지를 연결한다. 도복에는 단추나 지퍼가 없으므로 도복의 상의와 바지를 연결하는 것은 오직 띠뿐이다. 도복 한 벌은 철학적으로 음양 및 천지인 삼태극의 원리를 따른다고 한다. 저고리는 하늘(양), 바지는 땅(음), 그리고 띠는 하늘과 땅을 연결하는 매개체인 사람을 의미한다는 것이다. 도복에 담긴 이런 큰 뜻을 몰라도 한 가지 확실한 것은 이 띠를 정확한 방법으로 묶어 놓지 않으면 하늘과 땅이 대 혼돈의 카오스가 된다는 점이다.

태권도복의 깃이란 것은 아무리 잘 여며도 가슴이 드러날 수밖에 없는 각도와 깊이이므로 여성 태권도인은 대부분 저고리 안쪽에 흰색 반팔티를 덧입는다. 띠를 아무리 제대로 단단하게 매듭을 지어두어도 격한 움직임을 몇 번 하면 띠 위로 저고리의 한쪽이 빠져나오거나 다른 한쪽이 딸려 올라간다. 50분의 수련 시간 동안 대여섯 번 도복과 띠의 매무새를 정리해야 하는 것은 번거롭고 귀찮은 일이다.

요즘 혁신적인 스포츠웨어 브랜드들이 얼마나 많은가! 운동은 하지 않으면서 운동복 구매로 운동할 준비를 하며 한때 돈을 쏟아 부어 구매했던 스포츠 브랜드가 있었는데, 그곳은 자사 제품을 이렇게 홍보한다.

"건강한 라이프스타일에서 영감을 얻어 탄생한 프리미엄 스포츠웨어 브랜드로 요가뿐 아니라 러닝, 트레이닝 등 모든 운동에 적합한 혁신적인 제품들을 선보이고 있어요. 우리는 단순한 의류를 판매하는 회사에 멈추지 않고 최대한 많은 사람이 즐겁고 건강한 '스웨트라이프'(sweatlife)를 살 수 있도록 주변 커뮤니티와 많은 것을 나누려고 노력하고 있답니다. 매트 위에서뿐 아니라 매트 밖에서도 사람들이 목적 있는 삶을 살 수 있도록 일깨워주며, 세상을 조금 더 의미 있고 가치 있는 곳으로 변화시키기 위해 존재합니다."

땀 흘리며 관계를 맺고 함께 성장하면서 건강하고 행복한 개인과 커뮤니티를 만드는 삶이 바로 '스웨트라이프'란다. 이 대단한 단어들의 조합으로 홍보하는 운동복을 입으면 당장이라도 건강하고 행복한 삶으로 점프할 수 있을 것 같은 생각이 든다. 하지만 도복은 그렇지 않다. 땀 흡수는커녕 원단이 뻣뻣해서 자유로운 움직임에 방해가 된다. 도장 도복이 문제인가 싶어 아디다스 선수용 도복을 추가로 구매해 입어보기도 했다. 크게 다르지 않았다. 초심자의 도복

핏은 빳빳하고 벙벙한 것이 마치 흰 부대자루에 네 구멍을 뚫어 뒤집어쓴 것 같다. 하지만 오랜 기간 수련한 유단자의 도복은 초급자의 도복과 달리 그들의 몸과 움직임에 적응되어 있다. 초급자의 도복처럼 수련자의 움직임을 방해하는 것이 아니라 오히려 그들의 움직임을 완성시키는 것처럼 느껴진다. 유단자가 정확한 자세와 적절한 힘의 배분으로 행하는 기술을 할 때 도복에서 나는 특유의 소리가 있다. 소리까지 움직임이다.

태권도 띠의 매듭, 인생의 매듭

태권도의 띠는 태권도복의 상의와 바지를 하나로 연결하는 기능뿐 아니라 허리에 있는 단전 주위를 감싸는 역할을 하기도 한다. 그렇다면 단전은 어디인가? 흔히 배꼽 아래 어딘가라고 하기도 하고 좀 더 내공 있는 사람들은 배와 등 가운데 공간의 어딘가라고 한다. 단전의 위치를 파악하기 위해서는 복부의 힘을 뺀 상태에서 조용히 아랫배로 기침을 하여 배 속에서 진동이 일어나는 지점을 찾아야 하는데 나처럼 신체감각이 다른 감각에 비해 현저하게 떨어지는 사람은 이런 방식으로 단전을 찾기 힘들다. 그래서 대충 배꼽 주변 뱃살이 가장 두둑한 곳에 둘러 놓으면 맞다.

띠를 매고 있는 모습만 봐도 그 사람의 숙련도를 알 수 있다고 하는데 그것은 단순히 매듭의 방식이 맞고 틀리고의 문제만은 아니다. 띠는 수련생 자신을 기준으로 왼쪽에는 이름, 오른쪽에는 소속이 위치되도록 맨다. 유급자는 이름이 없는 띠를 착용하기 때문에 소속 도장이 있는 쪽이 오른쪽에 가 있는지만 확인하면 된다. 매듭을 짓고 남은 길이를 보면 그 사람의 허리둘레를 가늠할 수 있는데 나의 매듭은 숏 단발 머리를 억지로 잡아끌어 포니테일한 머리모양처럼 짤뚱하다. 블랙벨트 수련자들은 색깔 띠 유급자와 달리 허리를 두 번 감아 매듭을 지을 수 있는 길이, 약 240~280cm의 띠를 착용한다.

공부를 많이 한 사람을 우리는 '가방끈이 길다'라고 표현하는데 태권도 수련도 비슷한 것 같다. 수련 수준이 높은 사람은 태권도 끈의 길이도 길다! 수련 시작 전 태권도 띠를 묶을 때 내 눈앞에서 휙휙 허리에 두 번 감아 정확하고도 빠르게 매듭을 짓는 유단자들을 보면 초보 운전자일 때 버스 기사의 현란한 핸들링을 보며 느꼈던 존경심 비슷한 것을 느낀다.

수련을 막 시작했을 때 허리를 졸라매는 것이 답답하고 엉덩이를 너무 드러내는 것 같아 대충 느슨히 풀어놓고 수련을 시작했다. 20대 초반, 인생 최저 몸무게였을 때를 제외하고는 허리벨트를 사용한 적이 없다. 허리를 완전히 드러낼 일도 없고, 하의가 흘러내릴 정도로 큰 옷을 입을 일도 없었기 때문이다. 태권도 덕분에 실로 오랜만에 허리에 뭔가를 묶어보았다.

태권도 매듭을 정확하게 묶는 것은 도복을 단정히 입는 행위의 마침표 같은 것이다. 따라서 사범님이 제일 먼저 가르쳐주는 것은 띠를 매는 법이고 하얀띠를 맨 수련자들은 한동안 띠를 제대로 맸는지 관찰당한다. 수련을 시작하기 위해 도열해 있으면 사범님은 전체 수련생의 도복 상태를 쫙 스캔한 후 틀린 매듭을 묶어 놓고 당당히 서 있는 수련생들에게 다가가 띠를 풀러 다시 묶어주신다. 매듭짓기의 마침표는 띠의 양쪽 끝을 잡고 빨래를 털 듯 '탁탁' 펼치는 것인데 탁탁 힘이 가해질 때마다 허리는 점점 더 조여온다. 이렇듯 수련 초반 사범님께서 직접 매듭을 다시 묶어주실 때마다 백지상태의 어린아이가 되어 돌봄을 받는 듯한 느낌이 들었다. 도장 밖으로 나가면 생활 영역 어디에서든 경험치가 쌓일 대로 쌓여 초심자의 마음을 갖기 힘들다. 칭찬을 더 많이 할 수밖에 없고 의사결정에 따르기보다는 의사결정을 직접 해야 하는 나이다. 그렇다 보니 때로는 내가 틀린지도 모른 채 지어놓은 매듭을 누군가가 달려와 후루룩 풀어 다시 매주었으면 하고 바랄 때가 있다. 사범님이 매듭을 풀러 다시 묶어주실 때, 중년의 태권도 수련생은 그런 생각에 종종 빠진다.

흰 띠에서 흰 띠까지, 숙련도의 계급장 태권도 띠

태권도 수련은 흰색띠로 출발한다. 한때 어떤 영역에 처음 뛰어드는 초보자를 '-린'이라는 표현을 붙여서 쓰는 게 유행이었는데 그 맥락에서 보자면 흰 띠는 '태린이'의 표시로 태권도 신생아를 뜻한다. 실제 수련을 받을 때도 흰 띠를 착용한 수련생은 '아기'와 같은 관심과 돌봄을 받게 된다. 두 번째 수련에 갔을 때 블랙벨트의 유단자가 다가와 웃으면서 "저도 흰 띠부터 시작했어요"라며 환영해주었다. 흰 띠부터 시작하지 않은 유단자가 누가 있으랴마는 그 당연한 말이 '당신도 할 수 있습니다'라고 용기를 불어

넣는 희망의 속삭임처럼 들렸다. 그녀는 수련한 지 2년이 넘었다고 했다.

태권도 띠의 색깔은 수련인의 기술 수준과 수련 기간을 나타내는 일종의 계급장으로 태권도 인들은 자신의 띠를 무척 소중하게 다룬다. 간혹 띠를 목에 걸거나 돌리거나 하는 어린이들이 있는데(물론 성인도) 그럴 때 사범님께 혼날 각오를 해야 한다.

태권도의 위계는 '급-품-단'으로 올라가며 이 위계에 따라 유급자, 유품자, 유단자로 구분된다. 숙련의 수준을 외형적으로 표시하는 것은 태권도나 유도, 가라테와 주짓수 같은 무예 외에는 거의 없다. 계급에 따른 철저한 상하관계와 질서를 강조하는 면에서 본다면 무예는 군대와도 비슷한 구석이 있으며 태권도의 띠는 수련인의 자긍심이다.

흰 띠를 매고 있는 초보 수련자가 자신의 이름 석 자가 딱. 딱. 딱 박혀 있는 블랙벨트(검은 띠와 블랙벨트가 결국 같은 말이지만 왠지 블랙벨트가 검은 띠보다 더 우수한 실력의 소유자인 것 같은 느낌이다)를 만나면 왠지 모를 존경심이 들면서 슬금슬금 자리를 피하게 된다. 훈련소에 막 입소한 훈련병이 별을 단 장군을 만나면 이런 기분이 아닐까. 모든 수련을 할 때는 항상 맨 앞줄에 블랙벨트가 서 있고 본격적인 훈련을 할 때 그 시작도 언제나 블랙벨트의 수련자다. 대신 같은 색깔의 띠 안에서는 남녀노소가 평등하다.

저고리가 하늘, 바지가 땅, 띠가 사람이듯 태권도 띠는 우리나라 전통의 오방색을 활용하여 하양, 노랑, 파랑, 빨강, 검정 띠로 구성돼 있다. 그러나 실제 도장에서는 이 다섯 색깔 사이 사이에 몇 가지 색깔을 더 추가하여 9등급으로 승급 제도를 운영한다. 이는 다분히 어린이 수련생을 배려한 것으로 승급의 즐거움을 느끼며 태권도에 대한 흥미를 잃지 않게 하기 위함이다. 다음의 표는 KTA 태권도장의 표준 교육과정에

급	9급	8급	7급	6급
벨트컬러	하얀색	노란색	주황색	초록색
품새	신체 명칭 및 급소 익힘동작	기본 익힘동작/ 태극1장 익힘동작/ 공방익힘	태극 2장 익힘동작/ 공방익힘	태극 3장 익힘동작/ 공방익힘
격파				
겨루기				
인성	예의	배려	정직	우정

따른 태권도 띠의 컬러와 수련 내용이다.

얼마 전 한 예능에서 추성훈 선수가 유도복 위에 닳고 닳아 회색인 듯, 흰색인 듯 보이는 띠를 매고 나왔다. 블랙벨트를 맨 채 오랫동안 수련을 하면 검정색 물이 빠지고 천이 해지면서 명명하기 힘든 오묘한 흰 띠로 시작해 결국 흰 띠로 돌아가지만 그때의 흰 띠와 이때의 흰 띠는 같지만 다르다. 이런 띠는 무술 수련자의 연륜과 내공을 증명하는 것이라 들었다. 그야말로

5급	4급	3급	2급	1급
파란색	보라색	밤색	빨강색	빨강색
태극 4장 익힘동작/ 공방익힘	태극 5장 익힘동작/ 공방익힘	태극 6장 익힘동작/ 공방익힘	태극 7장 익힘동작/ 공방익힘	태극8장 익힘동작/ 공방익힘
	앞차기 메주먹 격파	옆차기 주먹격파	돌려차기 손날격파	뒤차기 주먹(촛불)
겨루기				
인성	예의	배려	정직	우정

무도인의 피, 땀, 눈물의 증명이자 멋짐폭발의 순간이다. 여기에 낡아서 기워 입은 도복과 산발한 헤어스타일까지 장착하면 신선 그 자체가 되지 않을까. 세탁기에 돌리면 흰색 티셔츠 몇 장은 주황색으로 너끈히 물들일 수 있는 선명한 나의 띠를 보며 블랙벨트를 꿈꾼다.

2장

평생 우량한 삶

평생 우량한 삶

'에이! 그래도 중년에 태권도 수련을 시작할 수 있는 사람인데 뭐라도 있겠지'라고 생각할 수 있을까 싶어 수줍은 자기 고백을 한다. 이 땅에 태어난 그때로 돌아가 보자. 엄마는 나를 임신했을 때 그렇게 흰 설탕이 당겼다고 했고 그 덕분인지 설탕이 가득 들어간 백설기 같은 피부를 자랑하며 4.5kg 우량아로 태어났다. 엄마는 나를 전국 우량아 선발대회에 내보낼 생각을 했다고 하셨다. 전국 우량아 선발대회는 1971년 문화방송과 남양유업의 주최로 처음 열렸다. 1983년까지 계속된 이 대회는 해마다 어린이날을 앞두고 4월에 열렸다. 시도별 예선을 거쳐 최종 결선을 치러야 했으며 13년 동안 지속한 이 대회에 참가한 어린이는 2만여 명이 넘을 만큼 인기가 좋았다고 한다. 작게 낳아 크게 키우자는 지금과는 달랐다. 당시 우량아는 각종 예방접종을 빠뜨리지 않고 맞아야 하며, 나이 또래에 맞게 신경기능이 발달하고, 체중과 가슴둘레 등 신체발달과 영양상태가 좋아야 한다는 기준이 있었지만 밀가루를 뒤집어 쓴 듯한 흰 피부에 눈코입이 크고 뚜렷하며 두둑이 살집이 오른 아이들이 상을 타갔다. 부상으로 1년 치의 분유를 받을 수 있었고 외모가 뛰어난 수상자 중 일부는 분유통에 사진이 들어가는 영광을 얻을 수 있었다. 동네에서 '아이고, 우량아네'라는 소리 좀 들은 전국의 신생아 엄마들은 한 번쯤 그 기회를 욕심내 볼 만했다. 다행인지 불행인지 모르겠지만 엄마는 나를 우량아 대회에 출전시키지 않았다. 나 말고 위의 아이 둘까지 총 아이

셋을 건사해야 하는 정신없는 생활에 백일잡이 아이 하나를 챙겨 대회에 출전시키는 일이 번거로웠을 수도 있었겠다. 내 평생 외모로만 승부를 걸어볼 유일한 기회였는데 지금 생각해보면 조금 아쉽다.

딸 둘을 연달아 낳고 아들을 얻고 싶은 부모의 간절한 소망에 부합하듯 나는 기골이 장대하고 우량했지만 딸이었다. 엄마가 나를 포대기에 싸서 들쳐 업고 나가면 잘 모르는 아줌마들은 "고놈 참 자알 생겼다"라고 했다고 한다. 잠시나마 '아들'로 착각되는 그 순간 엄마는 어떤 기분이었을까. '아들 아니고 딸이에요'라고 했을까. 아니면 그냥 잠자코 있었을까. 이 분위기는 성인까지 이어진다. 연예인 누구를 닮은 것 같다는 얘기를 들은 적이 있는데 한 번은 배우 감우성이었고 또 한 번은 성시경이었다. 안경 끼고 조금 지적으로 보이는 남자들은 웬만하면 성시경을 닮았다고 우길 수 있다. 실제로 숏컷을 할 때 성시경 헤어스타일을 참고한 적도 있다. 아들처럼 자라라고 그랬는지 꼭 아들이길 바랐는지 모르겠지만 이름도 남자 같다. 지금껏 같은 이름을 가진 여자는 평생 단 한 번도 본 적 없다. 지금은 내 이름이 좋지만 소연이나 지수, 현주 같은 이름을 갖고 싶었다. 그래봤자 '고' 씨를 붙이면 여성스러운 이름도 둔탁해지지만 말이다.

어릴 적 할아버지는 나를 앉혀 놓고 '딱! 장군감인데 하나만 더 달고 나왔으면…' 말씀하시면서 깊고 진한 아쉬움을 표현하셨다. 할아버지 방에 앉아 그 말을 듣고 앉아 있던 그때의 기억이 나쁘지 않았던 것은 할아버지의 태도와 말씀에서 묻어나오는 따뜻함 때문인지도 모르겠다. 그리고 나는 할아버지의 말씀을 내가 여느 여자애들과 다르고 큰 인물이 될 어떤 특별함을 가지고 있다는 뜻으로 받아들였다.

내가 태어나고 아버지의 사업을 비롯한 집안

의 일들이 잘 풀려서 딸이었지만 '복덩이'였던 나는 순하디 순했으며 주는 대로 잘 먹고 재우는 대로 잘 잤다고 했다. 심지어 흔들 요람에 잠을 자다가 떨어져도 울지 않고 그 자리에서 잠을 이어 잘 정도였다는 믿기 힘든 얘기도 들었다. 그때 나에 대한 엄마의 양육 경험은 성인이 되어 내가 마뜩잖을 때 '그렇게 순하디 순한 애가 왜 이 지경이 되었냐'라며 소환하는 기억이다. 엄마의 기분이 더 나쁘면 '심리학을 공부한다는 애가 엄마 마음 하나 못 알아주냐'며 애먼 심리학이란 학문을 비난한다. 심리학을 공부하면서 비뚤어졌다는 의미다. 그때마다 나는 '나는 돈 받고 심리치료하는 프로'라는 점을 강조하며 되받아쳐서 엄마의 부아를 더욱 지르는 그런 딸이 되었다.

뒤듬바리이며 곰 손입니다

뚱뚱해도 운동신경이 좋을 수 있지만 안타깝게도 나는 그렇지 못했다. 유치원 산타잔치였다. "곰이 재주를 합니다", "곰이 재주를 합니다" 단조로운 음률에 맞춰 손을 바닥에 짚고 살짝 엎드려 얼굴은 처박고 다리와 엉덩이는 뒤로 번쩍번쩍 두 번 들어 올리며 했던 말이다. 여러 동물이 등장했고 여자아이들은 토끼나 다람쥐, 새 같이 귀엽고 작은 동물을 맡았다. 물론 뚜렷한 이목구비를 자랑하는 미모의 친구들은 왕자와 공주 같은 사람 역할을 맡아 센터에 있었다. 내가 맡았던 역할은 곰이었다. 사이즈가 큰 곰은 무대 뒤 한쪽 구석에 서서 노래인지 타령인지도 모를 '곰이 재주를 합니다'를 두 번 반복하는 대사가 전부였다. 다소 수치스러운 동작은 그렇다손 치더라도 재주를 넘는 것도, 피우는 것도 아닌 문법적으로 틀린 '재주를 하는 곰'을 읊조렸던 여자어린이는 이미 알고 있었다. 예쁘지 않으면 프레임 밖으로 밀려나 누구의 주목도 받지 못한다는 사실을.

그때 주변의 어른들은 나를 '통통이' 또는 '뒤두바리'라고 부르곤 했는데 당시 나는 뒤두바리의 정확한 의미를 몰랐다. 그저 단어의 어감이 투박하고 미련하게 느껴졌고 말을 듣는 순간 그냥 큰 덩어리가 된 것만 같았다. 나중에 알게 된 뒤두바리의 올바른 표현은 '뒤듬바리'로 '-바리'는 사람을 일컫는 순우리말이며 '뒤듬'은 '어리석고 둔하며 거친 사람'을 지칭한다고 한다.

초등학교 입학 전에는 양옥집 베란다에서 떨

어져 이마가 찢어진 적도 있고 아무 장애물 없는 평평한 땅에서도 걷다가 넘어져 무릎 보호대를 하고 있는 것이 일상이었다. 내가 만지면 뭐든 잘 부서지고 망가졌다.

미친 듯이 질주했다고 생각한 100m 달리기에서 체육 선생님이 따라붙으며 "야, 너 어디 소풍가냐' 는 말을 들으며 세웠던 기록 22초, 철봉을 잡자마자 주르르 몸이 흘러내려 매달리기 0초, 얼굴이 벌게지도록 배에 힘을 주고 올라와봤자 윗몸일으키기는 10개 이상을 하지 못했다. 제자리 멀리 뛰기를 할 때 개구리처럼 날아 저 멀리 떨어지는 애들도 있었지만 나는 아무리 뛰어봤자 1m를 넘지 못했다. 맨몸으로 하는 운동을 못하는데 도구를 사용하는 운동을 잘할 턱이 없었다. 그러다 보니 학창 시절 제일 괴로웠던 시간이 체육시간이었고 제발 누군가 흙먼지 풀풀 날리는 운동장도 없애고 학교 교과과정에서 체육 과목을 완전히 제거해주길 바랐다. 아이들이 스카이 콩콩을 타고 날아다니고 쌩쌩 자전거를 타고 동네를 휘저을 때, 새로 생긴 롤러장에 가자고 할 때도 나는 함께 하지 못했다. 지면에서 발을 떼는 것이 불가능했기 때문이다. 그리고 지금도 여전히 자전거를 타지 못한다.

운동신경도 없었지만 비참할 정도로 손재주도 없었다. 그래서 무엇을 그리거나 만들거나 하는 것도 젬병이다. 미술 시간 친구들이 지점토로 휴지 케이스 같은 것을 만들 때 틀니를 만들어 선생님을 경악시키거나 수묵 담채화 수업에는 기괴한 난을 그려 미술 선생님으로부터 "광녀가 머리를 풀어 헤쳤다가 빗으로 가르마를 탄 것 같다"는 평가를 듣기도 했다. 뜨개질 숙제를 하다 보면 어느 샌가 코가 무한정 늘어났다가 줄어들었다 하여 제대로 된 목도리 하나를 만들지 못했다. 음식을 잘 쏟고 흘리고, 물건을 치고 떨어뜨리고 깨뜨리기도 해서 "너의 몸의 끝이 어디인지 몰라?"라는 소리를 자주 듣기도 했고, 도저히 이해할 수 없는 경로로 각종 가전제품을 망가뜨리거나 파괴하는 괴력을 발휘하기도 했다. 나를 제외한 형제들은 날쌔고 민첩한 편이었고, 예술적 재능이 뛰어나 미술을 업으로 삼고 있거나 관련 일들을 하고 있었기에 나의 육체적 무딤과 곰 손은 언제나 놀림거리였고 내 열등감의 일부가 되었다.

또래 친구들이 놀이터에서 몸을 쓰면서 놀 때 친구도 없고 몸도 무거웠던 나는 그렇게 방바닥에서 쓸데없는 공상을 하거나 TV나 라디오를 보고 들으며 뒹굴뒹굴했다. 몸은 점점 커졌고 '뒤두바리'는 내 자기 개념의 중요한 부분으로 자리 잡았다. 신체감각은 점차 무뎌졌지만 대신 보고, 듣는 것에 탐닉했다. 방바닥에 누워 라디오를 듣고 부모님이 허락한다면 애국가가 흘러나올 때까지 TV를 봤다. 9시 뉴스도 재밌었다. 무궁무진한 사람들의 이야기에 빠졌고 사건 속 사람들이 궁금했다. TV를 보지 못할 때는 방바닥에 배를 깔고 누워 침대 밑 굴러다니는 먼지 덩어리를 쳐다보며 라디오에 귀를 기울이며 세상만사 사연을 듣는 것이 가장 행복했다.

방학 때는 〈안녕하세요 황인용 강부자입니다〉를 들을 수 있어서 좋았다. 리차드 클레이더만의 연주 '핑퐁 술래자브르(Ping pong sous les arbres)' 시그널 뮤직이 나올 때 오늘은 어떤 사연이 나오려나 두근두근 설레었다. 아침을 먹고 배 두드리고 누워서 전국의 청취자들이 보낸 사연을 내용에 딱 맞는 감정 톤으로 읽어주시는 강부자님의 이야기를 듣는 것이 그렇게 재밌을 수가 없었다. 지금도 독자 사연 읽기의 1인자는 강부자 배우님이라고 생각한다. 시집살이, 자식 키우는 얘기, 경제적인 곤궁함, 병에 걸린 이야기 등등 기가 막히고 코가 막히는 기구한 이야기들. 어른이 되어 산다는 것은 고되고 고된 일이구나를 그때 이미 알았던 것 같다. 사연을 보낸 사람들은(대부분은 주부) 많은 것을 포기했고,

가족을 위해 참고 희생했으며 책임을 다하기 위해 애썼다. 그러다가 감당할 수 없는 어떤 사건을 만났고 돌아가신 친정 어머니가 몹시 그리웠다는 서사가 대부분이었다. 그리고 사연 속 남편들은 대부분 속을 썩인다. 친정어머니 얘기가 나오면 강부자 님은 반드시 눈물을 쏟고 애써 눈물을 삼킨다. 사연을 읽다 말다를 반복하다가 결국 옆에 있는 황인용 님이 나머지 사연을 읽어 내려간다. 훌쩍임과 한숨과 위로와 격려가 한바탕 이어진 후 사연과 어울리는 가사 내용의 가요 선곡으로 마무리된다. 완벽하게 꼭 들어맞는 신파 구조 같다.

가끔 이모들이 집에 놀러 올 때는 티나지 않게 즐거워했다. 〈안녕하세요 황인용 강부자입니다〉에 나올 법한, 때로는 그보다 더 한 사연을 직관할 수 있기 때문이다. 안 듣는 척 떨어져 앉아 소머즈의 귀를 만들어 어른들의 이야기에 집중했다(소머즈는 청각 초능력을 가진 여전사로 6백만 불의 사나이와 함께 바이오닉 커플로 유명하다). 이모들의 이야기 또한 라디오 청취자 사연들의 양쪽 빰을 휘갈기고도 남을 정도로 구구절절했다. 이모들 중 특히 극단의 배우이기도 했던 큰이모가 오는 것이 가장 좋았다. 큰이모는 이야기 속 등장인물이 내 눈앞에 있는 듯 똑같이 흉내 내며 이야기를 절정으로 이끌었다. 이모의 연기력 덕분에 불행하고 슬픈 얘기도 재밌게 들렸는데 어쩌면 그것이 페이소스 비슷한 것이었는지도 모르겠다.

청소년 시절에도 라디오를 옆에 끼고 살았다. 누구는 음악 듣는 것을 좋아했겠지만 나는 청취자들이 DJ에게 음악을 신청하면서 왜 그 음악이 듣고 싶은지 보낸 사연을 듣는 것이 더 좋았다. 지금은 라디오조차 TV와 다를 바 없이 '보여지는' 라디오이지만 오직 음성만으로 전해지는 이야기 속 무드가 정말 낭만적이라고 느꼈었다. 그래서 한때는 심야 방송 라디오 DJ를 꿈꾸기도 했었다. 심리학자로 살아가는 지금도 상담실에서 다른 사람들의 이야기를 듣는 것을 업으로 삼고 있는 것을 보면 심리학은 내 운명의 학문인지도 모르겠다.

편식이 뭐예요?
순대와 순대 친구들

입맛에 예민함이라고는 없었던 어린 나는 주는 대로 먹고 먹는 대로 포동포동 살이 쪘다. 아이들이 잘 먹지 않는 어른들의 음식들, 예를 들어 굴무침, 가자미식해 같은 것들을 넙죽 넙죽 잘 받아먹었다. 가자미식해에 무와 조밥도 함께 있었지만 무엇보다 본진은 폭 삭힌 가자미이므로 먹을 줄 아는 어린이였던 나는 엄마 몰래 가자미만 쏙쏙 빼먹었다. 어린이용 반찬 같은 것은 필요 없었다. 어른 밥상에 수저만 있으면 됐다. 이 세상에 편식하는 어린이가 있고 그들의 편식 때문에 걱정하는 부모님이 많다는 것은 나와 상관없는 일이었다. 누구는 너무 허약해서 녹용을 달여 먹느라 가계에 부담을 줬지만 나는 너무 건장해져 걱정을 끼쳤다.

어린 시절을 관통하는 시절 음식이 무엇이냐고 물으면 나는 카스텔라와 순대라고 말하겠다. 엄마는 종종 카스텔라를 직접 만들어 주시면서 반죽을 전기 오븐에 붓기 전 신문지를 깔았다(그 당시 신문지는 대략 만 가지 사용처가 있었던 것 같다). 카스텔라의 아래쪽은 진한 갈색으로 반쯤 타 있었는데, 난 특히 신문지가 눌러붙은 카스텔라를 벗겨 먹는 것을 좋아했다.

카스텔라가 달콤함을 추억하는 데 근원이 되는 음식이라면 순대는 내가 첫 번째로 탐닉했던 음식이다. 마약 순대라고나 할까. 찝찔하면서 미끄덩거리는 감칠맛. 나의 최애 순대집은 남부시장 초입에 있었던 양은 지붕 가판 순대집이다. 몽환적으로 피어오르는 수증기 밑에 비닐을 덮고 앉아 조신하게 돌돌 말려 있는 순대를 그냥 지나치기란 참으로 어렵다. 드라이아이스가 피어오르는 무대에 주인공 순대 옆에는 백 댄서 허파와 염통, 간과 오소리 감투가 있다. 그들 중 퍽퍽한 간을 뺀 순대 그룹 모두가 좋았다. 유치원도 가기 전 처음 맛본 순대에 흠뻑 빠져 급기야 순대집에 시집가고야 말 거라는 간절한 소망으로 번져 공공연하게 내 꿈은 '순대집 며느리'라고 말하고 다녔다. 순대 사랑은 평생 이어졌다. 대학생 때는 신림동 순대타운에서의 순대볶음으로, 때로는 좀 더 나이가 들어서는 순대국밥으로 모습은 바뀌었지만 언제나 최고의 사랑은 분식 포장마차에서 파는 저렴한 순대와 그 친구들이다. 텁텁한 간은 빼고.

당시 유치원에서 일주일에 한 번은 도시락을 싸 오도록 했었는데 엄마는 도시락 반찬으로 굴무침을 싸줬다. 농사짓는 어르신들 드시라고 막걸리와 함께 새참으로 딸려간 반찬이 아니다. 유치원생의 도시락이었다. 엄마는 그저 통통한

막내딸이 좋아하는 반찬을 싸줬을 뿐이다. 엄마는 죄가 없다. 무턱대고 뭐든 잘 먹는 내가 죄인일 뿐. 도시락 뚜껑을 열었을 때 고춧가루 범벅이 되어 벌겋게 달아오른 탱글탱글한 굴의 자태가 아직도 생생히 기억난다. 그리고 친구들 눈치를 보며 반찬통 앞에서 살짝 당황했었던 기억이 있다. 예쁜 어린이 대회에 나갈 법한 여자아이들이 가져온 핑크색 소시지나 노란색 가지런한 계란말이 반찬은 단정하고 컬러풀했지만 내가 싸 온 반찬은 그렇지 못했다. 그때 이미 깨달았다. 그녀들의 길과 나의 길은 다른 것임을. 나의 길은 대장부의 길임을. 그리고 몸은 이미 대장부의 길로 슬슬 들어서고 있었고 산타잔치에서 '곰'은 마늘이 아니라 굴을 먹는 내가 할 수 있는 운명 같은 역할이었던 것이다.

다행인지 불행인지 민첩성과 순발력이 떨어지는 뒤듬바리였지만 파워 하나는 언제나 좋았다. 청소년 시절 시골에서 80kg 쌀 한 가마니를 보내주면 현관에서부터 들어 올려 부엌으로 거뜬히 옮길 수 있었다. 그러는 나를 보고 엄마는 '어머머, 재 봐라 재 봐라' 하면서 신기해 하셨다. 정수기 물통 같은 것은 어렵지 않게 들어오려 꽂을 수 있었고 무거운 물건 앞에서 "이것 좀 들어줄래?"라고 남자에게 도움을 요청한 적이 거의 없다. 이고 지고 끌며 무거운 짐을 번쩍 번쩍 홀로 잘 들었고 대학원 체육대회에서 여성 팔씨름 대회 우승도 해보았다. 그러나 나의 파워를 드러내놓고 자랑한 적은 없다. 여성적으로 보이지 않을까 봐 그런 것은 아니다. 괴력을 발휘할 때마다 흠칫 놀라는 사람들의 반응 탓도 약간은 있지만 많은 허영 중 지적 허영이 가장 컸기 때문이다. 내가 설정해놓은 지성인의 기준과 이미지에 '파워' 따위는 어울리지 않았다. 지성인은 모름지기 폐병 걸린 룸펜처럼 하얗고 유약하며 힘이란 것은 가느다랗고 긴 손가락으로 책장이나 겨우 넘길 기운만 있으면 되는 것 아닌가.

최근에 만난 퍼스널트레이닝 선생님이 내가 드는 쇠질의 무게를 보며 감탄했다. 다른 여성분들은 5kg 드는 것도 힘겨워해서 자기가 도와줘야 하는데 회원님은 이 무게를 하고도 힘이 남아 돌아 다른 운동 한 세트를 더 붙여서 해야 한다며 나의 재능을 칭찬했다. 태권도를 할 때도 '힘이 좋다'는 말을 내내 들었다. 숨겨왔던 나의 수줍은 파워가 50을 앞두고 제대로 발굴되었다. 점점 욕심이 난다. "5kg 추가해 주세요. 할 수 있을 것 같아요."

여섯 살 어린이의 에어로빅

나의 첫 운동은 에어로빅이다. 동네에서 가장 번화했던 남부시장 쇼핑센터 지하에 있는 에어로빅장에 엄마와 친했던 동네 아줌마의 손에 이끌어 다녔던 그때, 내 나이 여섯 살이었다.

나의 탄생부터 잘 알고 있는 동네 아주머니는 잘생기고 초롱초롱했던 나의 눈코입이 점점 살에 덮여 들어가는 것을 안타까워했다. 아주머니는 수영이며 에어로빅 등 정력적으로 운동을 찾아 하는 분이었고 엄마에게 당신이 다니는 에어로빅 센터에 나를 데리고 다녀보겠노라 했다. 노산에 아들 늦둥이를 낳아 온몸이 아팠던 엄마는 기꺼이 아줌마 손에 나를 맡겼다. 하얀색 나이롱 타이즈에 꽃분홍색 에어로빅 복을 입고 맨 앞줄에서 서서 선생님을 따라 몸을 열심히 흔들었다. 물론 어린이는 나뿐이었다. 몇 배속으로 돌린 것 같은 귀를 찌르는 댄스가요는 우리나라 말인지 뭔지 하나도 알아들을 수 없었고 아주머니들의 에어로빅 옷에 프린팅되어 있는 현란한 꽃과 얼룩말과 호피들이 단체로 날뛰었다. 땀을 뻘뻘 흘리며 열심히 몸을 흔들어 대는 여자들과 지하 에어로빅장에 한가득 차 있는 눅진한 공기의 감촉이 기억난다. 몇 년 전 한 달 정도 줌바 댄스를 했던 적이 있다. 80년대 초반 에어로빅 센터보다 훨씬 세련됐고 음악도 달랐지만 묘한 기시감이 들었다. 수업 중반 모두가 절정에 이르렀을 때 트랜스 상태의 의식에 도달한 것같이 보이는 여성들은 그때도 지금도 맨 앞줄을 차지하고 있다.

에어로빅보다 괴로웠던 것은 에어로빅이 끝

난 후 샤워를 할 때였다. 단체로 벗고 있는 여자들의 알몸을 보는 것이 당시에는 충격적이었고 배 한가운데 죽 그어진 제왕절개의 흉터를 처음 봤다. 아기는 정말 배를 갈라 나오는 것이구나 어린 마음에 그렇게 생각했었다. 그래도 에어로빅이 끝나면 귀갓길에 아주머니는 하드를 종종 사주셨고 그 맛은 지금으로 치면 땀 흘리고 먹는 시원한 생맥주 같은 것이었다. 에어로빅은 그렇게 길게 하지 못하고 그만두었다. 내가 싫다고 했는지 아줌마가 원치 않으셨는지 잘 모르겠다. 어쩌면 아줌마에게 폐를 끼치기 싫어해서 엄마가 그만두라고 했는지도 모르겠다. 그때가 마지막이었다. 온몸이 드러나는 타이트한 옷을 입었던 때는. 성인이 될 때까지 강제로 움직여야 하는 체육시간 외에 운동이라는 것은 거의 하지 않았다. TV와 라디오와 함께 이 방 저 방 굴러다녔다.

비만유전자와 다이어트

당시의 우량아란 지금으로 치면 비만 유전자를 갖고 태어났을 확률이 높은 아이일지도 모르겠다. 실제로 출생 후부터 지금까지 평균 체중 혹은 그 이하였던 적은 단 한순간도 없었던 나의 몸무게를 생각해보면 더욱 그렇다. 나는 꾸준했으며 일관성 있는 사람이다. 몸무게에 한해서.

정상 컨디션에서 '야위었다', '가냘프다', '말랐다'라는 말은 평생 한 번도 들어본 적이 없었다. 감기에 된통 걸리거나 장염에 걸려 수분과 기운이 쪽 빠진 상태에서는 들어봤다. 심지어 어떤 선배는 몸이 아픈 너의 지금 상태가 애잔하고 예뻐 보인다며 너는 늘 좀 아픈 게 좋겠다는 하나마나한 소리를 한 적도 있다. 매일 독감이나 장염에 걸릴 수 없으니 가냘프게 보이기 위해서는 다이어트를 하는 수밖에 없었다.

우리나라 대부분의 여성이 그렇듯 새해 결심에 다이어트가 빠졌던 해는 단 한 해도 없었다. 숨 쉬듯 했던 이 망할 놈의 다이어트는 불과 2~3년 전까지 지속되었다. 다이어트를 한 사람답지 않게 언제나 기골이 장대하여 어느 순간부터는 다이어트를 하면서도 다이어트를 하지 않는다고 말하는 호부호형의 지경에까지 이르렀다. 1990년대 초반부터 시작해서 2019년까지 한 듯 안 한 듯 지속한 다이어트는 시대별 다이어트 방법에 대해 작은 책 한 권은 무리 없이 쓸 정도의 경험을 축적했다. 관심 있는 지식과 정보는 게걸스럽게 수집하는 편이라 직접 하든 하지 않든 일단 아카이빙 했다. 섭식을 제한하거나 식욕을 떨어뜨리는 약이나 지방을 분해하는 음식이나 약을 먹기도 했고, 체중감소에 도움이 된다는 식단을 해보거나 3일 내내 한 가지 음식을 먹기도 했다. 시대별 유행했던 모든 다이어트는 빼놓지 않고 관심을 기울이고 할 만한 것은 꼭 해봤다.

체중감소를 둘러싼 세계는 무한히 팽창한다. 수퍼모델 이소라의 슈퍼다이어트 비디오 I, II도 구입했었다. 그때 그 비디오를 따라 하지 않았던 20대는 거의 없지 않았을까. 꾸준히 해서 효과를 본 친구들도 있었지만 비디오를 틀어놓고 소라 님의 몸매만 감상한 나에게 체중감소란 선물은 찾아오지 않았다. 지금도 몸매 관리의 끝판왕인 이소라 님의 예전 인터뷰에서 했던 말이 또렷이 기억난다. 자신은 깨어 있는 동안 절대 눕지 않는다고. 늘 배에 힘을 주고 긴장을 하고 있다고 말이다. 집에 오면 일단 고무줄 바지로 갈아입고 철퍼덕 누워 있기를 좋아하는 나 같은 사람은 도저히 따라할 수 없는 경지다. 나는 생활습관부터 글러먹었다. 그리고 이소라 님은 몸을 드러내는 옷을 입으라고도 했다. 예를 들어 탱크탑 같은 것을 입으면 아무래도 배에 힘을 주게 되니까 덜 먹고 배에 힘을 주게 되어 살이 빠진다는 논리다. 그런데 애초에 탱크탑을 입을 수 없는 사람들도 있다. 기저선이 다른 것이다.

딸아이 세 살 때부터 5년간 아이를 봐주셨던 이모님이 어느 날 조심스럽게 이런 말씀을 하셨다. "땡땡이 엄마, 사람은 타고난 몸의 틀이 있어서 빠져도 다시 돌아갈 수밖에 없대요." 그렇다. 우리 이모님은 모든 걸 알고 계셨던 것이다. 어느 순간 냉장고를 사과로 가득 채웠다가, 각종 닭가슴살이나 다이어트 한약으로 또 가득 채웠다가, 큰 냄비 가득 정체 모를 채소 스프를 잔뜩 끓였다가, 식탁 위에 각종 파우더 통을 쌓아놨다가, 냉장고 문에 모델 사진을 붙여놨다가 하는 이 난리법석 다이어트를 말이다. 결국 생생한 목격자인 이모님이 보기에 별반 다르지 않은 이 집 여자의 모습이 안타까워 건네신 말씀이라고 생각한다. 나는 비만유전자를 장착한 타고난 우량아였던 것이다. 온 국민의 마음을 치유하고 있는 오은영 선생님의 주옥같은 말씀 중 내가 가장 위로받은 말은 '저는 60kg 이하인 여자랑은 대화 안 해요'였다. 암요. 선생님. 저도 그래요. 살과 싸우지 않기로 했다. 그리고 다이어트를 단념했다.

3장

중년이 된 영심이

나이 50의 영심이

내 삶의 가치와 방향을 담고 있는 만화영화 〈영심이〉 주제가는 이렇다.

"보고 싶고 듣고 싶어 다니고 싶고 만나고 싶어, 알고 싶은 것도 하고 싶은 것도 많은 아이 영심이 영심이 보고 싶고 듣고 싶어 다니고 싶고 만나고 싶어, 해봐 해봐 실수해도 좋아, 넌 아직 어른이 아니니까 해봐 해봐 어서 해봐 해봐"

'알고 싶은 것도, 하고 싶은 것도 많은 아이'

라는 부분은 지금도 종종 읊조린다. 다만 영심이처럼 마냥 실수해도 좋은 아이가 아니라 몇 년 후면 곧 50이라는 현실이 다를 뿐. 이제는 앞뒤 안 가리고 욕구대로 뛰어들기에는 체력과 지력이 점점 쇠퇴하는 나이라는 걸 처절하게 깨달을 때 종종 울적하다.

음식을 씹다가 사레에 걸려 캑캑댄다. 덩어리를 씹는 것이 아니라 물을 먹다가도 그랬을 때는 솔직히 좀 당황했다. 찬바람이 불면 머리가 시리다. 엄격히 말해 두피가 시린 것이다. 그리고 눈에서는 이유 없이 스르르 눈물이 난다. 정서적 자극이 아닌 물리적 온도의 변화로 눈에서 눈물이 날 때 씁쓸하다. 어렸을 때 내가 본 할머니의 가방에는 늘 가재 손수건이 있었다. 할머니는 그 손수건으로 눈물도 닦고 콧물도 닦았다. 이제 나도 유사 시 흘러나올 눈물과 콧물을 대비해 가방이나 자켓 안에 휴지 한두 장은 챙겨야 한다. 자신의 눈과 코에서 뭔가 흘러 나오자 마자 즉각 알아채서 수습할 수 있으면 그나마 괜찮다. 좀 더 지나면 누가 말해줘야 아는 순간이 오니까. 내가 늙은 부모에게 타박했던 것처럼 말이다.

무릎을 접었다 폈다 할 때 드득드득 소리가 나고 스마트 폰트를 '크게' 설정해야 할지 말아야 할지 고민을 한다. 그런데 물리적 나이와 체력에 비해 마음은 그렇지 않다. 마음은 시간의 물리적 법칙의 지배를 받지 않는다. 마음은 제멋대로 뒤로, 앞으로 왔다갔다하면서 현실을 자각하지 못하게 할 때가 있다.

마음만은 청춘이라는 말처럼 늙은 말이 있을까? 물론 이 말은 나이가 들어도 늘 젊은이의 마음처럼 유연하고 개방적이며 새로운 것에 호기심을 가지라는 용도로 활용할 수도 있다. 하지만 많은 경우 나이를 잊은 채 불량하고 원초적인 욕망을 드러내고 싶을 때 사용하거나 어른으로서 나잇값을 못하는 미성숙한 행동을 보일 때, 늙어감을 수용하지 못할 때 '마음은 청춘'이라고 주장하는 것 같다.

나이 든 사람에게 나이를 물어보면 나이를 먹은 것을 불법 마약을 소지한 것 마냥 숨긴다. 태권도장에 도착하면 출석을 확인하기 위해 개인카드를 출석 상자에 옮겨 담아야 한다. 나에게는 만성 질환 '미리미리 도착병'이 있어서 가장 빨리 도장에 가 있다. 하지만 출석 카드를 빈 상자에 먼저 넣어두지 않는다. 내가 박정희 대통령 사망 4년 전에 태어난 사람이라는 것을 김대중 대통령 시대 이후에 출생한 수련 동지들에게 알리고 싶지 않기 때문이다. 출석 카드가 4장 이상 모이면 내 카드를 슬쩍 그 사이에 밀어 넣는다. 나만 알고 있는 비밀스러운 의식은 도장에서 출석 관리를 어플로 대체하면서 자연스럽게 종결됐다. 다른 이들은 이 어플에 대한 평가를 가혹하게 했지만 나에게는 은혜로운 어플이다. "너의 젊음이 노력으로 얻은 상이 아니듯, 내 늙음도 내 잘못으로 받은 벌이 아니다"라는 영화 〈은교〉의 대사처럼 죄 짓고 벌을 받는 것도 아닌데 나는 왜 이렇게 나이를 감추려고 들까.

여전히 알고 싶고, 하고 싶은 것이 많다. 인생 이모작이 아니라 할 수만 있다면 삼모작, 사모작을 지어보고 싶은 내 마음은 영심이 같은 청춘이다. 그런데 내가 늘 우려했던 것처럼 '나잇값'을 치르지 않고 드러내는 욕망일까 두렵다.

'넌 참 기운도 좋다'라는 말을 자주 들었다. 어느 단어 하나 부정적인 단어는 없지만 칭찬의 뉘앙스로 받아들인 적은 별로 없었던 것 같다. '참.. 잘~~한다'라는 말처럼. 선배들은 무리하지 말고 지금부터 갱년기를 대비하라고 한다. 너무 많은 일을 벌이지 말고 적당한 운동과 몸에 좋은 음식을 섭취하면서 자신을 돌보라는 의미였을 텐데 나는 엉뚱하게 태권도를 시작했다. 다가오는 갱년기를 격파하겠다는 의지가 아니었다. 나잇값을 치르기 싫어서 잠재웠던 영심이를 흔들어 깨워 영심이가 시키는 대로 그냥 그렇게 하고 싶었다.

영심이를 깨운 것은 매일 상담실에서 만나는 내담자들 덕분이었다. 평범한 일상을 살다가 갑작스럽게, 예기치 못하게 누군가를 죽음으로 떠나보낸 사람들의 이야기를 듣다 보면 죽음은 돌이킬 수 없는 완전한 삶의 끝이라는 것에 매번 직면한다. '나중에, 다음에, 기회가 된다면'의 그 나중과 다음과 기회는 영원히 오지 않을 수도 있다는 것이다.

태권도 수련을 처음 시작할 때 대단한 목표가 있었던 것은 아니었다. 내 나이에 좀처럼 시작하지 않는 운동에 도전한다는 독특함, 그것을 즐기고 싶었다. 즐기다 보니 깨달았다. 나는 참 기운이 좋다는 것. 그리고 그 기운이 격투기와 잘 맞는다는 것을.

영심이의 기질이란

온 국민이 MBTI 성격 유형에서 나온 16개의 검으로 서로에게 궁예질을 하고 있을 때 '심리학은 마음을 과학적으로 연구하는 학문'이라고 배운 나와 우리의 동료들은 MBTI에 대한 과도한 열풍을 씁쓸하게 바라봤다. 특히 MBTI와 관련된 좋지 않은 추억을 가지고 있는 나는 인프피(INFP)니 엔티제(ENTJ)니 하면서 그 사람의 모든 것을 다 아는 양 떠드는 사람을 만나면 적당히 표정 관리를 하면서 "MBTI 재밌죠. 하지만 과학적 근거는 좀 부족해요. 좀 더 자세히 알아보고 싶으면 TCI(Temperament and Character

Inventory) 검사를 해보세요"라고 한다. 나의 MBTI 유형을 끈질기게 묻는 사람에게는 심리학 학부 1학년 기초 과목으로 배운 성격심리학의 지식을 섞어가며 성격유형론의 한계와 최근 성격 연구의 동향까지 수박 겉핥기로 설명할 뿐 끝내 나의 성격 유형은 밝히지 않는다. 이쯤 되면 MBTI 추종자는 이렇게 말할 것이다. "이런 행동을 하는 사람들은 ABCD 유형이에요" 맞다. 당신이 생각하는 그 유형이다.

MBTI라는 잣대로 사람들의 마음과 행동을 분류하는 사람들을 마냥 비판만 하고 싶지는 않다. 자기 이해의 폭을 넓히고 서로의 다름을 인정하고 존중하는 데 사용된다면 그것은 심리검사로서의 소기의 목적을 달성한 것일 테니까. MBTI에 대해 무한대로 쏟아져 나오는 콘텐츠를 찾아보며 솔직히 나도 낄낄대며 웃었던 적이 많다.

1990년대 후반 석사과정을 밟고 있을 때 처

음 MBTI 검사라는 것을 처음 접했다. 각종 심리검사를 본격적으로 배우기 전 이제 갓 입학한 신입생들은 피검자, 선배들은 수검자가 되어 종합심리평가를 수행하는 것이 당시의 분위기였다. 선배들은 검사 실시만 해줄 뿐 해석을 해 주지 않았다. 각자의 검사 자료는 앞으로 배울 심리검사에 대한 실습 자료로 두고두고 사용되기 때문이다. 그러나 MBTI는 다르다. 정식 교과 과정에 없는 스키다시 같은 심리검사였고 랩실에 비치되어 있는 매뉴얼을 보고 각자 자기의 유형을 찾아 해석을 읽는 정도에 그쳤다. MBTI에 열정을 갖고 있는 선배들은 장시간의 유료 워크숍을 들으면서 해석과 활용의 기술을 연마했다. MBTI 검사의 해석은 쉽고 재밌고 직관적이다. 한 학기 내내 배워도 해석하기조차 힘든 다면적 인성검사(MMPI)나 로르샤하 검사, 지능검사 같은 것과 다르다. 그래서 이렇게 많은 사람들이 열광하는지도 모르겠다.

그때의 선배들도 지금처럼 후배들의 MBTI 유형을 물어보고 후배들보다 손톱만큼 더 많은 지식을 뽐내며 매뉴얼에 없는 각각의 유형에 대한 자기만의 허세 해석을 덧붙여 평가질을 했다. 내 MBTI 유형을 들은 남자 선배는 이렇게 말했다. "이런 유형의 사람들은 어떤 유형이든 평타 이상의 재능이 있어. 그리고 열정적이지. 세상 만사 호기심이 많아서 여기저기 우물을 파는데 결국 끝까지 하는 게 없어. 그래서 한 분야에서 성공하기 힘들지. 결국 이것저것 인생 경험이 많은 평범한 사람이 돼" 충격적이었다. 안 그래도 동기들은 모두가 I로 시작하는 성격유형인데 나만 E로 시작한다는 사실이 벌써 이 무리에서 뭔가 다른 사람이 된 것 같은 기분이었는데 선배의 얘기를 듣고 나니 펴보지도 못한 나의 미래가 짓밟힌 기분이 들었다. 그리고 뭐든 잘하고 싶어 안달했던 내 자아의 일부, 호기심 많은 영심이를 조금씩 억누르기 시작했다. 그 이후로 한참 동안 나의 MBTI 유형을 비밀에 부쳤다.

심리학자들이 과학적 근거가 탄탄하다고 주장하는 TCI는 어떤가? 용어가 조금 어렵지만 TCI는 심리생물학적 인성 모델에 근거해 1993년 미국 워싱턴대 교수인 로버트 클로닌저(Robert Cloninger) 교수가 개발한 검사이다. TCI는 사람의 인성(Personality)이라는 것을 기질(Temperament)과 성격(Character)으로 구분하여 측정했다는 것이 장점이다. 기질과 성격의 두 가지 요소를 포함시키는 것이 왜 장점이냐 궁금할 수 있겠다. TCI는 우리의 성격발달이라는 것을 '타고난 것, 즉, 유전적인 성격'과 '환경적인 영향을 받아 발달한 성격'으로 구분함으로써 한 사람의 인성발달 전체 과정을 포괄적으로 이해할 수 있다. 기질은 타고난 것이다. 외부 자극에 대해 자동적으로 반응하는 정서적 반응 성향을 기질이라고 할 수 있는데, 이것은 평생 안정적인 속성을 갖는다. 반면에 성격은 내가 어떤 목표와 가치를 추구하는가, 나를 어떤 사람으로 이해하고 동일시하는가에 대한 자기 개념에서의 개인 차이다. 기질이라는 원재료를 기초로 환경과의 상호작용 속에서 형성되는 성격은 당연히 사회문화적 영향을 받으며 일생 동안 지속적으로 발달한다. 성격은 타고난 기질을 조절할 수 있으므로 타고난 기질의 장점과 단점은 그 사람의 사회문화적 환경에 따라 얼마든지 다르게 표현될 수 있다.

TCI에서는 기질을 크게 네 가지 유형으로 구분하는데 나는 기질적으로 새로운 자극이나 보상단서에 이끌려 행동이 활성화되는 유전적 성향, 즉 자극 추구 성향(novelty seeking)이 강한 편이다. 새롭고 낯선 것에 대한 호기심과 열정적 탐색, 다소 충동적이어서 일단 저질러보는 성향이 남들이 잘 안 하는 흔하지 않은 운동, 태권도를 시작할 수 있는 계기가 되었다. 남들은 이 나이에 좀처럼 하지 않는 운동을 내가 시작한다는 것, 그 하나만으로도 흥분됐다.

남편에게 태권도를 배우겠노라 했더니 당신 나이는 그렇게 격한 운동을 하다 무릎이라도 나가면 뼈도 붙기 힘든 나이라며 자중하라고 했다. 태권도장에 다니면 노란버스를 타고 등하원 하냐면서 버스에서 내릴 때 픽업을 나가겠다고도 놀렸다.

뭐든 쉽게 시작하지만 금방 질리고 곧 포기하는 것을 곁에서 십수 년간 지켜본 남편은 '또 시작이네' 하는 반응이다. '당신은 어쩌면 샴푸 브랜드 하나도 꾸준히 쓰는 것이 없어?' 샴푸뿐이랴 화장품도 치약도, 세탁세제도 한 브랜드를 꾸준히 쓰는 게 없다. 새로운 물건은 끝없이 쏟아져 나오고 나는 그 물건이 어떨지 궁금해서 지른다. 어쩌면 나는 본 품에 딸려오는 샘플 체험형 소비자인지도 모르겠다. 웬만큼 재미있지 않으면 집에서 영화 한 편을 진득하게 다 보지 못한다. 독서는 더 심하다. 처음부터 끝까지 완독하기가 쉽지 않다. 책을 읽다가 궁금한 내용이 나오면 웹 서핑을 하다가 관련된 다른 책을 또 산다. 남편은 말한다. 당신처럼 쉽게 질리는 사람이 이렇게 결혼 생활을 유지할 수 있는 것은 지루할 틈을 주지 않는 자신의 재기발랄함 덕분이라고. 인정하는 부분이 없지 않지만 못 들은 척 했다.

그러니 태권도도 몇 번 가고 말겠지라고 생각했을 것이다. 그리고 여느 때와 마찬가지로 뭔가를 했었다는 흔적으로 물건이 남겠지. 창고에 처박혀 있는 골프채와 골프화, 필라테스 링과 스텝박스와 테라밴드와 두툼한 요가 매트, 스텝퍼와 실내용 싸이클, 한때 유행했던 승마운동기구, 몇 켤레의 필라테스 양말과 시즌별 필라테스 상하의 옷들, 만보 걷기를 하겠다며 산 갤럭시 핏과 러닝화들, 각종 텀블러들, 텀블러와 스마트폰을 포터블하게 장착할 수 있는 운동용 가방, 짐볼과 8kg 케틀벨과 무게별 아령들. 다운받았다가 지웠다를 반복하는 각종 운동앱들. 식단 기록앱, 운동 후 근육을 풀기 위해 산 족욕기와 소형 마사지기가 남아 있다. 사람들은 잘 모르는 레어템 운동기구도 있다. 독일에서 개발했다는 진동스틱 플렉시바는 잠깐 다녔던 피트니스 센터에서 체험한 후 샀다. 153cm 길이의 스틱을 흔들면 1분에 270회 진동이 코어를 강화하며 유연성과 척추기립근을 강화한다는데 안 살 도리가 없었다. 막대기만 흔들면 된다니 얼마나 간편한가! 그러나 현재 플렉시바는 가구 밑이나 뒤에 물건이 떨어졌을 때 유용하게 활용하는 리빙템이 되었다. 아차 싶은 순간에 살 뻔 했지만 포기했던 운동 아이템도 있다. 바로 로잉 머신이다. 엣쉬우드 원목으로 제작되었다는 워터로잉 머신을 체험한 이후에 저 물건을 집에 들인다면 영국 템즈강 상류에서 불끈거리는 팔 근육을 뽐내며 물살을 가르는 조정 팀의 일원이 된 것 같은 기분이 들 것만 같았다. 불행인지 다행인지 로잉 머신을 한 번에 살 정도의 경제적 능력은 없었기에 충동구매를 면했다.

이 모든 운동기구를 지금까지 성실히 했다면 나는 탄력 있고 날씬한 중년 몸짱이 되어 있었을 것이다. 그러나 나는 몸 자체를 쓰지 않고 운동기구만 탐하는 도구 콜렉터였다. 운동을 하고 싶었던 것이 아니라 그냥 새로운 물건을 사고 싶었던 것 같기도 하다.

태권도를 시작할 때 비교적 마음의 부담이 크지 않았던 이유는 수련을 시작하기 위해 필요한 것은 오직 몸과 도복뿐이라는 점이었다. 맨발로 수련을 하므로 운동화나 양말조차 필요가 없다. 태권도는 지금까지 내가 잠깐씩 했던 운동 중 가장 초기 비용이 들지 않는 운동이다. 심지어 운동비도 가장 저렴하다. 지금까지 개인 트레이닝으로 받은 운동에 대한 비용을 생각하면. 대충 계산해도... 그래서 부담 없이 또 해보자고 결심했다. 작심 3일, 작심 3개월이라도 3일치만큼, 3개월치만큼의 경험치가 쌓이는 거니까. 하다 그만두면 도복은 남겠지만 뭐 크게 자리를 차지하는 물건은 아니니 괜찮겠다 싶었다. 그렇게 시작하여 벌써 1년이 됐다. 금방 달아오르고 금방 지겨워하는 나의 기질상 태권도를 1년 동안 지속했다는 점은 내가 달라졌다기보다 태권도라는 무예가 지루할 틈이 없는 변화무쌍한 매력을 가진 운동이기 때문이다.

노화 불안, 50대 여자가 된다는 것

아래의 문항은 중년기에 접어들어 늙어가는 것에 대한 걱정과 두려움, 즉 노화 불안에 관한 질문이다.

전혀 그렇지 않다	그렇지 않다	보통이다	그렇다	매우 그렇다
1	2	3	4	5

1. 나이 들어 질병에 자주 걸릴까 봐 두렵다.
2. 외모가 늙어 보일까 봐 걱정된다.
3. 노년에 인생이 아무런 의미가 없을까 봐 두렵다.
4. 나이 들수록 젊은 사람들에게 뒤처질까 봐 불안하다.
5. 늙어서 쓸모없어질까 봐 걱정이다.

6. 나이 들어 흰 머리가 생기는 게 걱정이다.
7. 나이 들수록 체력이 약해지는 게 걱정이다.
8. 나잇값을 못한다는 소리를 들을까 봐 걱정이다.
9. 나이 들어 가족을 충분히 돌볼 수 없을까 봐 걱정이다.
10. 노년에 인생이 재미없고 지루할까 봐 걱정이다.
11. 나이 들수록 신체적인 매력이 사라지는 것 같아 불안하다.
12. 노후에 경제적인 자립이 어려울까 봐 걱정이다.
13. 나이 들수록 세대차이가 커져서 젊은 사람들과 소통하기 어려울까 봐 걱정이다.
14. 나이 들어 자식 등 다른 사람에게 짐이 될까 봐 걱정이다.
15. 나이 들수록 활동을 할 때 신체적인 제약이 많아질까 봐 걱정이다.
16. 나이 들수록 피부에 탄력이 없어져서 걱정이다.
17. 노년에 병원비를 감당하지 못할까 봐 걱정이다.
18. 노년에 무료하게 할 일 없이 지내게 될까 봐 걱정이다.
19. 나이 들수록 사회나 조직에서 버림받을까 봐 두렵다.
20. 거울을 볼 때 늙어가는 내 모습을 보는 것이 싫다.
21. 노년에 가족이나 다른 사람에게 의지하지 않고 혼자 힘으로 살 수 없을까 봐 걱정이다.
22. 늙어서 희망 없이 살게 될까 봐 두렵다.
23. 나이 들어 고집이 세고 융통성이 없다는 말을 들을까 봐 걱정이다.
24. 노년에 쓸쓸하게 죽게 될까 봐 두렵다.

내 꿈은 날아 차

25. 나이 들어 고집이 세고 융통성이 없다는 말을 들을까 봐 걱정이다.
26. 외모가 늙어 보일까 봐 걱정된다.
27. 나이 들수록 신체적인 통증이 심해질까 봐 걱정이다.
28. 노인들의 소외된 모습이 내 모습이 될 것 같아 두렵다.
29. 노년에 가족들로부터 외면당할까 봐 두렵다.
30. 나이 들어 자식 등 다른 사람에게 짐이 될까 봐 걱정이다.
31. 노년에 병원비를 감당하지 못할까 봐 걱정이다.
32. 나이 들어 가족을 충분히 돌볼 수 없을까 봐 걱정이다.
33. 나이 들수록 가까운 사람들이 나보다 먼저 죽을까 봐 불안하다.
34. 나이 들어 주위 사람들이 나를 필요로 하지 않을까 봐 두렵다.
35. 나이 들어 노인이라고 차별받고 무시당할까 봐 걱정이다.
36. 나이 들수록 스스로 할 수 있는 일들이 적어질까 봐 두렵다.
37. 나잇값을 못한다는 소리를 들을까 봐 걱정이다.
38. 나이 들수록 젊은 사람들에게 뒤처질까 봐 불안하다.
39. 나이 들수록 피부에 탄력이 없어져서 걱정이다.
40. 임종 시, 죽음을 담담하게 받아들이지 못할까 봐 두렵다.
41. 노년에 가족이나 다른 사람에게 의지하지 않고 혼자 힘으로 살 수 없을까 봐 걱정이다.
42. 노년에 고통스럽게 죽게 될까 봐 두렵다.
43. 나이 들수록 노부모를 보살펴야 한다는 부담이 커져서

걱정이다.

44. 노후에 경제적인 자립이 어려울까 봐 걱정이다.
45. 노년에 인생이 아무런 의미가 없을까 봐 두렵다.
46. 늙어서 쓸모없어질까 봐 걱정이다.
47. 나이 들수록 세대 차이가 커져서 젊은 사람들과 소통하기 어려울까 봐 걱정이다.
48. 나이 들어 지나온 삶에 대해 후회가 많을까 봐 걱정이다.

오은아 (2020). 중년기 노화 불안 척도 개발 및 노화 불안과 웰에이징의 관계 모형 검증. 가톨릭대학교 박사학위 청구논문.

50을 몇 년 앞둔 지금 문항 하나하나가 가슴을 후려친다. 나는 늙고 있다는 것에 대한 불안과 걱정에 휩싸여 있다. 노화 불안은 노화가 시작되는 40~50대, 혹은 50~64세에 절정에 달한다고 알려져 있다. 대중교통 경로우대 할인 같은 제도로 '이제 당신은 노인입니다. 나라에서 준비한 복지혜택을 받으시죠'라고 노인 범주에 공식적으로 밀어넣기 전까지는 안간힘을 쓰고 모른 척 거부하고 싶은 것이 나이 듦이다.

> "아! 50에도 무슨 감정이라는 게 있을까? 그 나이되면 그냥 동물 아닐까 싶다. 살아 있으니까 사는, 우물우물 여물 먹듯이 사는…"

2022년 나를 가장 행복하게 만들었던 드라마, JTBC 〈나의 해방일지〉 산포 삼남매 첫째 딸, 염기정이 말했다. 친구들과의 술자리에서 신세 한탄하듯 말하는 기정이의 이야기를 건너 테이블에 앉아 있던 한 무리의 50대 여자가 듣고 말한다.

> "살아 있으니까 산다 싶은, 우물우물 여물 먹는 동물인 50인 여자가 말해줄게. 님 말이 무슨 뜻인지 모르지 않는데 음… 서른이면 멋질 줄 알았는데 꽝이었고. 마흔은 어떻게 살지, 50은 살아 뭐하나. 죽어야지. 그랬는데 50 똑같아. 50은 그렇게 갑자기 진짜로

와. 난 열세 살 때 잠깐 낮잠 자고 탁 눈 뜬 것 같아. 팔십도 나랑 똑같을 것으로"

50대 여자 세 명이서 맥주 몇 병을 나눠 마시며 두런두런 이야기를 나누는 이 모습은 곧 나와 내 친구들의 모습이 될 것이다. '우리 낼 모레 50이다. 자중하자' 요즘 부쩍 자주 하는 말이다. 조만간 50이니 뭐든 도전하고 경험하자 그런 말은 거의 듣지 못했다. 하던 것을 멈추고 싶고, 가진 것을 지키고 싶은 마음이 점점 커진다.

50이 넘은 미스코리아 출신 여배우가 출연하는 여성 갱년기 건강기능 식품 광고를 본 적이 있다. 광고의 배경음악은 비숍브릭스(Bishop Briggs)의 노래 〈하이어(higher)〉이다. '더 높이, 네 사랑에 난 자유로워졌으니, 이제 무엇이든 손에 닿지. 높이, 더 높이. 더 높이, 강해진 난 자유로워졌으니 되고 싶은 내가 되었어. 높이, 더 높이. 높이, 더 높이.'

라이더 재킷을 걸치고, 몸매만 보면 30대도 '찜쪄먹을' 것처럼 보이는 날씬한 중년 여성이 오토바이를 타고 한적한 새벽길을 질주한다. "나답게, 똑똑하게, 명랑하게"라는 광고카피가 깔린다. 새로운 도전을 향한 갱년기 여성의 욕망을 위해서는 홍삼 추출물 중에서 중년 여자에게만 필요한 성분을 쪽쪽 뽑아낸 이 건강식품을 먹어야 한다. 먹으면 저렇게 될 수 있을 것 같다.

초등학생 딸아이는 광고를 보고 깔깔대며 웃었다. "저 아줌마 왜 저래?" 아이에게는 젊은 척 안간힘을 쓰는 철없는 중년 아줌마처럼 보였나 보다.

나에게 홍삼, 인삼 관련 건강기능식품은 노화의 상징 같은 것이었다. 인삼사탕도 싫다. 상대방의 욕구와 기호에 대한 세심한 고려 없이 줄 수 있는 만만한 중장년, 노년용 선물 세트 같았다. 땅땅땅! "이제 당신은 건강에 신경 써야 할 그런 나이"라고 완전한 승인을 받는 느낌이랄까. 그런데 최근 20대 후반의 한 지인에게 홍삼 엑기스를 선물 받았다. 적잖이 실망했고 살짝 충격을 받았다. '건강을 잘 챙기세요'라는 분명한 선의였겠지만 '이런 걸 챙겨 먹어야 할 정도로 늙어 보였다는 말인가' 하는 생각이 들어서다. 기존에 내가 가지고 있던 홍삼 추출물 건강식품에 갖고 있던 선입견과 편견 때문에 더욱 그랬다. 트렌드에 민감한 젊은 감각을 가지고 있다고 자부해봤자 건강을 돌봐야 할 '빼박' 중년인 것이다. 여전히 나는 내 나이를 인정하지 못한 채 내적 발악을 하고 있다.

추하게 늙지 말자는 결심

20대 중반 대학원 석사 과정을 마치고 임상심리전문가 수련을 받기 위해 병원에 근무했던 적이 있다. 그때는 무슨 회식이 그렇게 많았는지 한 달에 몇 번씩은 대대적인 회식에 참석해야 했다. 회식의 술자리는 종종 노래방으로 이어졌고 탬버린을 치면서 분위기를 달아오르게 만드는 것은 젊은 수련생들의 몫이었다. 그때 한 남자 교수가 그 시절 '핫'한 아이돌의 노래를 연달아 부르기 시작했다. 머리가 희끗한 그 선생님은 무아지경으로 댄스곡을 열창했다. 술에 취했음에도 불구하고 꽤 빠른 박자와 리듬을 놓치지 않는 걸 보면 분명 평소에도 즐겨듣고 불렀던 것 같다. 그런데 나는 그 모습이 처량해 보였다. 나이가 들었음에도 최신 유행을 놓치지 않는 멋진 중년이 아니라 '나는 이런 노래도 부를 줄 아는 이렇게 젊은 취향을 가진 사람이에요'라고 온 몸으로 호소하는 것같이 보였기 때문이다. 그런 모습을 보며 '곱게 늙어야지'라고 생각했었다. 그때 내가 기대했던 이상적인 중년의 모습이란 우아하고 진중하며 삶의 지혜를 쌓아 실수가 적고 아랫사람을 배려하고(특히 금전적으로) 매사에 안정감이 있는 사람이었다.

최근 그때 당시 그 교수의 나이를 따져보다가 충격에 빠졌다. 세상에!! 지금 내 나이보다 심지어 몇 살 어렸다. 그 교수의 나이보다 몇 살은 더 먹은 지금의 나는 어떤가? '덕질'까지는 못해도 최근 '핫'하고 '힙'한 아이돌 그룹의 이름과 비슷비슷한 외모 속에 멤버의 정확한 이름을 구별하려고 애쓴다. 아이돌뿐이랴 영화, 음악, 예능, 드라마, 패션, 정치 시사, 유튜브 세계까지 남들이 다 아는 것을 나만 모를 수가 없다는 각오로, 때로는 남들보다 내가 먼저 알아야 한다는 생각으로 관심을 기울이고 정보를 주워 삼킨다.

'선생님은 그런 걸 다 어디서 보세요?' '선생님은 어떻게 그런 걸 다 아세요?' 12년 터울의 후배 선생들에게 자주 듣는 말이다. 그럴 때 은근히 트렌드에 민감한 (젊은) 여자가 된 것 같아 으쓱하지만 그때마다 과거 노래방에 앉아서 내가 목격했던 그 장면에 대한 기억이 소환된다. 채신머리없어 보이고 절박해 보였던 그 교수를 바라보며 내 마음속에 스쳐 지나갔던 생각을. 그래서 어쩔 때는 일부러 모른 척 할 때도 있다. 욕망과 욕구를 절제하는 것. 내가 20대에 바랐던 지금 내 나이의 모습이었기 때문이다.

요즘 부쩍 자주 하는 말이 있다. '우리 곱게 늙자' 혹은 '우리 추하게 늙지 말자'. 부드럽게 다짐하는 이 청유형 문장은 친구와 선후배 대화를 마감할 때 자주 등장한다. '~하지 말자'에서 좀 더 나아가 '혹시 내가 그런 추한 짓을 하면 날 좀 말려달라'는 부탁을 하기도 한다. 이런 다짐과 부탁은 주로 곱게 늙지 못한 혹은 추하게 늙고 있는 누군가의 행태를 야무지게 말로 조진 이후다.

우리가 이토록 온몸으로 거부하고 싶은 '추하게 늙는다는 것'이란 무엇일까. 정답은 없지만 내가 동료들과 말로 조졌던 사람들을 떠올려 보면 원래 자기가 갖고 있던 어떤 성격적인 단점에 '나이가 깡패'라는 무기, 그리고 아랫사람을 호령할 수 있는 자리가 더해져 말과 행동이 유치하고 적나라해지는 사람들이었다. 추하게 늙지 말자는 결심은 자주 나 자신의 말과 행동을 검열하게 만들었고, 그러다 보니 가급적 새로운 사람을 만나거나 새로운 것을 시도하지 않는 편을 선택하게 되었다. 스스로 만든 제약 안에서 노화를 서글퍼만 하고 있는 것은 누구도 아닌 바로 내 자신이었던 것이다.

몸으로 먼저 맞이하는 늙음

노화는 눈에서부터 시작하는 것 같다. 겉으로는 한창인 것 같은 친구들도 식당에서 메뉴판을 볼 때 초점이 맞는 적당한 거리를 찾느라 메뉴판을 들고 앞뒤로 분주하게 움직인다. 안경을 쓰는 친구들은 글씨를 볼 때 안경을 확 잡아 제치고 글씨를 본다. 스마트폰을 볼 때는 눈 주변까지 스마트폰을 쳐들고 눈을 위로 치켜떠야 한다. 스마트폰을 경배하는 모양새다. 문제는 그 순간 확 늙어 보인다는 사실이다. 지하철에서 글씨 크기를 최대로 해놓고 앞뒤 좌우 모든 사람에게 자신이 읽고 있는 것을 함께 읽도록 하는 어르신들이 이해가 안 갔던 때도 있었다. 그런데 며칠 전 만난 친구의 스마트폰 폰트가 그 크기로 바뀌어 있었다. '아우, 야. 아직은 아니잖아. 그러지 좀 마' 나는 친구를 괜히 타박했다. 고도의 난근시로 초등학교 1학년 때부터 안경을 썼던 나는 워낙 눈이 나빴던 탓에 노안이 조금 늦게 오는 것도 있지만 아직은, 아직은 하면서 모든 전자 기기의 폰트 사이즈를 '작게'로 유지하고 있다. 나 말고도 중년을, 노안을 받아들이지 못하는 많은 동료들이 스마트폰 폰트 '작게'에 집착하고 있는 것을 알았다. '영 포티'(young forty)가 아닌 '올드 포티'(old forty)들의 자존심 폰트, '작게'.

우여곡절 끝에 박사 논문을 마쳤던 후배는 박사 논문 심사 막바지에 지도교수님의 눈 건강 악화로 자칫 학기를 넘길 뻔한 적이 있었다. 당신의 눈 상태가 도저히 활자를 읽을 형편이 되지 못한다면서 다음에 심사를 받으면 어떻겠냐는 청천벽력 같은 소리였다. 후배는 좌절하고 분노했다. 나 같으면 들이받고도 남을 상황이었지만 사회성 면에서 나보다 훨씬 유능했던 후배는 눈 영양제를 사들고 선생님을 찾아가 읍소하였고 어찌어찌하여 당 학기에 무사히 학위를 받았다. 그때 나는 겨우 노안의 문제로 박사학위 심사라는 중차대한 일을 미루겠다고 말하는 선생님의 심리를 이해할 수 없었고 갱년기 절정에 있는 교수의 변덕쯤으로 치부했었다. 그리고 다짐했다. '나는 저러지 말아야지' 하지만 이제는 조금 알 것 같다. 단어와 문장이 시원하게 눈에 들어오지 않을 때의 답답함과 피로함을 말이다. 흥미진진한 글도 아니고 완전히 집중해서 읽어야 하는 논문 같은 글을 읽는 것은 노안에 오십견에 각종 갱년기 신체 변화를 겪는 교수에게 쉽게 짜증을 불러일으킬 만하다는 것을 이해할 수 있다. 논문이 엉망이라면 짜증을 넘어 집어던지고 싶은 마음도 생길 것 같다. '선생님, 죄

송해요. 그때는 제가 잘 몰랐습니다.'

나보다 아주 조금 나이 많은 언니라고 생각했던 여자 선배들이 각종 갱년기 증상을 호소하면서 겁을 주기 시작했다. 함께 등산을 갔는데 누구는 무릎이 시원치 않아 얼마 가지도 못하고 되돌아왔다고 했고, 어디를 함께 놀러갔는데 누구는 춥다고 하고 누구는 자꾸 덥다고 해서 숙소 온도 조절을 하는 데 애먹었다는 얘기도 들었다. 언니들은 한 살이라도 젊을 때 건강에 신경 좀 쓰라고 한다. 아침에 눈 뜨자마자 빈속에 커피를 사발로 들이키다가는 더 늙어 고생한다고 조언을 해주기도 하고 병아리콩이 좋다, 양배추가 어떻다, 코코넛 오일이 어떻다는 얘기를 해주기도 한다. 20대에 처음 만난 사람들은 세월이 아무리 흘러도 처음 만났던 그 순간의 모습이 가장 크게 각인되어 있기에 나도 선배들도 서로의 나이를 잊고 대한다. 하지만 어떤 선배는 암 진단을 받았고 누구는 허리 수술을 받았고, 건너건너 누구는 벌써 세상을 떠났다라는 소식을 들었을 때에만 뒤늦게 순식간에 넘어온 세월의 긴 거리를 실감한다.

나는 몸에 좋다는 뭔가를 일부러 챙겨 먹지 않는 사람이다. 홍삼뿐만이 아니다. 내 또래인 단골 미용실 원장은 영양제 하나 챙겨먹지 않는 나에게 '그러다 큰일 난다'면서 오메가3와 유산균과 눈영양제와 비타민D 세트를 권했다. 눈 뜨면 한웅큼의 영양제를 털어먹는 것으로 하루를 시작해야 하는 그때가 나에게도 온 것이다. 영심이처럼 아직도 하고 싶은 것이 많은데 나이가 들어 무언가를 욕망하려면 건강이 허락해야 한다는 진실을 나이 50을 몇 년 앞둔 시점에 깨닫고 새삼 서글퍼졌다.

몸은 고통의 근원

엄마는 평생을 아팠던 사람이고, 엄마와의 대화의 상당 부분은 당신이 아프거나, 아빠가 아프거나 그렇지 않으면 엄마 주변 아픈 누군가에 대한 이야기다. 지금 내 나이보다 훨씬 젊은 나이부터 엄마는 허리도 아프고, 머리도 아프고, 팔다리도 아팠다. 손가락도 아프고 발가락도 아팠다. 추우면 추워서, 더우면 더워서 컨디션이 좋지 않았다. 계절이 바뀌면 환절기라서 또 아팠다. 어렸을 때 엎드려 누워 있는 엄마의 허리를 발로 꾹꾹 눌렀던 기억이 있다. 자식들이 돌아가면서 꾹꾹 밟았다. 엄마는 아프다 아프다 하면서도 살림살이에 열중했고 그러니 또 아팠다. 몸이 아프지 않으면 불안한 사람 같았다. 엄마를 보면 인간의 몸이 고통의 근원인 것처럼 느껴졌다. 엄마의 신체적 고통 호소가 더 괴로웠던 이유는 당신의 신체적 고통을 낯설고 신박한 어휘를 선택하여 극적으로 표현했기 때문이다. 인간이 느낄 수 있는 신체적 아픔의 종류가 이렇게 다양하게 변주되어 표현될 수 있다는 사실이 신기했다. 엄마는 당신의 신체 감각에 예민한 것처럼 타인의 신체변화에도 민감했다. 체중계가 눈에 있는 것처럼 몸무게의 변화를 탐지해냈다. 살이 찌면 찐 대로 살이 빠지면 빠진 대로 지적했다. 나는 빠지는 쪽보다 계속 찌는 쪽이어서 오랜만에 엄마를 만나는 것이 달갑지 않았다. 엄마가 내 외모의 어떤 면을 지적하기 전 보이는 눈빛을 나는 잘 안다. 이제 나의 내공도 쌓일 만큼 쌓였기에 '뭘 또 지적하려고 시동을 거냐'면서 선제공격을 해서 '지적당하기'를 차단할 수 있지만 신체변화에만 민감할 뿐 타인의 마음에는 상대적으로 덜 민감한 엄마와의 건강한 관계를 단념한 내 마음은 허전하고 쓸쓸하다.

몸이 아프니 당연히 마음도 아팠다. 매사에 걱정이 많았고 언제나 일어날 수 있는 최악을 가정했다. 아무리 좋은 소식을 전해도 창의적인 방식으로 부정적인 측면을 일깨워줬다. 집에는 늘 뭔가가 건조되고, 장시간 찜통에서 다려지고 있었고, 식탁 위에는 정체를 알 수 없는 가루들이 병에 담겨 있었다. 건강에 좋다는 것을 그렇게 많이 챙겼지만 엄마는 날이 갈수록 쇠약해졌다. 최근에 엄마의 심리상태가 가장 안정되고 컨디션이 좋아 보였던 때는 몇 년 전 허리수술로 병원에 열흘 정도 입원해 있을 때였다. 자식과 사위와 며느리가 돌아가며 찾아와 엄마의 상태를 진심으로 염려하며 안부를 전했다. 물론 그때도 몸이 힘들다 하셨지만 표정만큼은 밝아

보였다. 그래서 이제는 안다. 엄마는 마음의 문제를 몸으로 표현하는 사람이라는 것을 말이다. 결혼을 해서 집에서 독립하기 전까지 끊임없이 들었던 '앓는 소리', '몸이 아픈 이야기'가 가까운 사람을 얼마나 지치게 만드는지 알기 때문에 나는 몸의 감각을 의도적으로 무시했다. 그리고 '나는 몸신이다' 같은 건강 프로그램도 싫어한다. 건강식품도 먹지 않는다. 무엇보다도 즙이 싫은데 건강원 파우치에 담긴 사과즙, 양파즙, 양배추즙, 배즙, 도라지즙 같은 것들 말이다. 한 귀퉁이를 잘라 컵에 따르면 완전히 다 따라지지도 않고 쓰레기봉투에 넣으면 국물이 질질 흐르는 즙들. 깔끔하게 먹으려면 상하 귀퉁이를 잘라야만 내용물이 완전히 빠져나오는 귀찮은 즙 파우치들. 신혼 초 한동안 시댁에서 각종 즙들을 한 박스씩 보내주셨지만 먹지 않고 쌓여 있는 즙들을 버리기 위해 긴 시간 싱크대 앞에서 수없이 가위질을 해야 했다. 지금도 본래의 형태를 간직한, 혹은 본래의 형태를 추측할 수 있는 음식이 좋다.

피가 줄줄 나서 다른 사람이 깜짝 놀랄 정도가 아니면, 참을 수 없을 만큼의 고통이 아니면 몸이 아프다는 얘기를 잘 하지 않는다. 아파도 가급적 괜찮다고 말한다. 계속 이렇게 살 수 있을 줄 알았다. 그런데 40대 중반에 이르자 그러기 힘들어졌다. 조금씩 어딘가 고장 나고 기운이 달린다. 이제 아침마다 4종류의 영양제를 챙겨 먹는다. 무딘 감각 때문인지 영양제를 복용해도 어디가 달라진다는 느낌이 전혀 없다. 먹어야 할 것 같아서 먹지만 영양제를 먹고 나서 구체적인 변화를 간증하는 사람들은 도대체 어디서 그런 변화를 감지하는 것일까 의심스럽다.

병원에 가서 당연히 듣는 "어디가 어떻게 아프세요?"라는 질문에 대답하는 것이 늘 어렵다. 어떤 의사는 좀 더 들어가 '어떻게'를 좀 더 구체적으로 탐색하려고 한다. 쿡쿡 찌르는 느낌인가요? 찌릿찌릿한 느낌인가요?같이 말이다. 그 느낌의 차이를 나는 잘 모르겠다.

심리치료자로서 "그래서 그때 어떠셨어요?"라는 질문을 내담자에게 많이 하는데 이 질문에 구체적으로 유려하게 말할 수 있는 사람은 많지 않다.

정서는 사람들의 요구와 좌절, 권리가 무엇인지 알려주는 역할을 한다. 변화를 이끌 수 있도록 돕는 것도, 어려운 상황을 피할 수 있는 것도, 만족과 행복을 얻게 만드는 것도 모두 정서의 기능으로, 넓게 보아 대부분의 심리적 어려움은 정서조절의 문제라고 간주해도 무리가 없다. 정서 경험은 인지적인 평가, 신체감각, 의도, 기분, 행동, 대인관계 요소를 포함한 일련의 복잡한 과정이며 이론적 배경과 관계없이 대부분의 심리치료 초반에는 정서 경험을 인식하는 다양한 채널과 과정들을 제대로 가동시키도록 돕는 데 집중한다. 나에게 적용해보자면, 나는 정서를 경험하고 인식하는 과정 중 신체감각을 통해 정서에 이르는 길에 두꺼운 셔터를 내려놓고 있었고 통증으로 몸이 소리치며 셔터문을 두드리기 전까지 신체감각이 내는 다양한 소리를 외면하고 있었던 것이다.

그러던 나에게 태권도는 몸과 마음이 매우 민첩하게 연결되어 있다는 것, 마음에만 집중할 때는 알 수 없었던 해결책이 신체감각을 자극하고 몸을 제대로 쓰면서 발견되기도 한다는 걸 깨닫게 한 운동이다. 태권도는 아이들뿐 아니라 성인들에게도 여러모로 특별한 치료법이 될 수 있다.

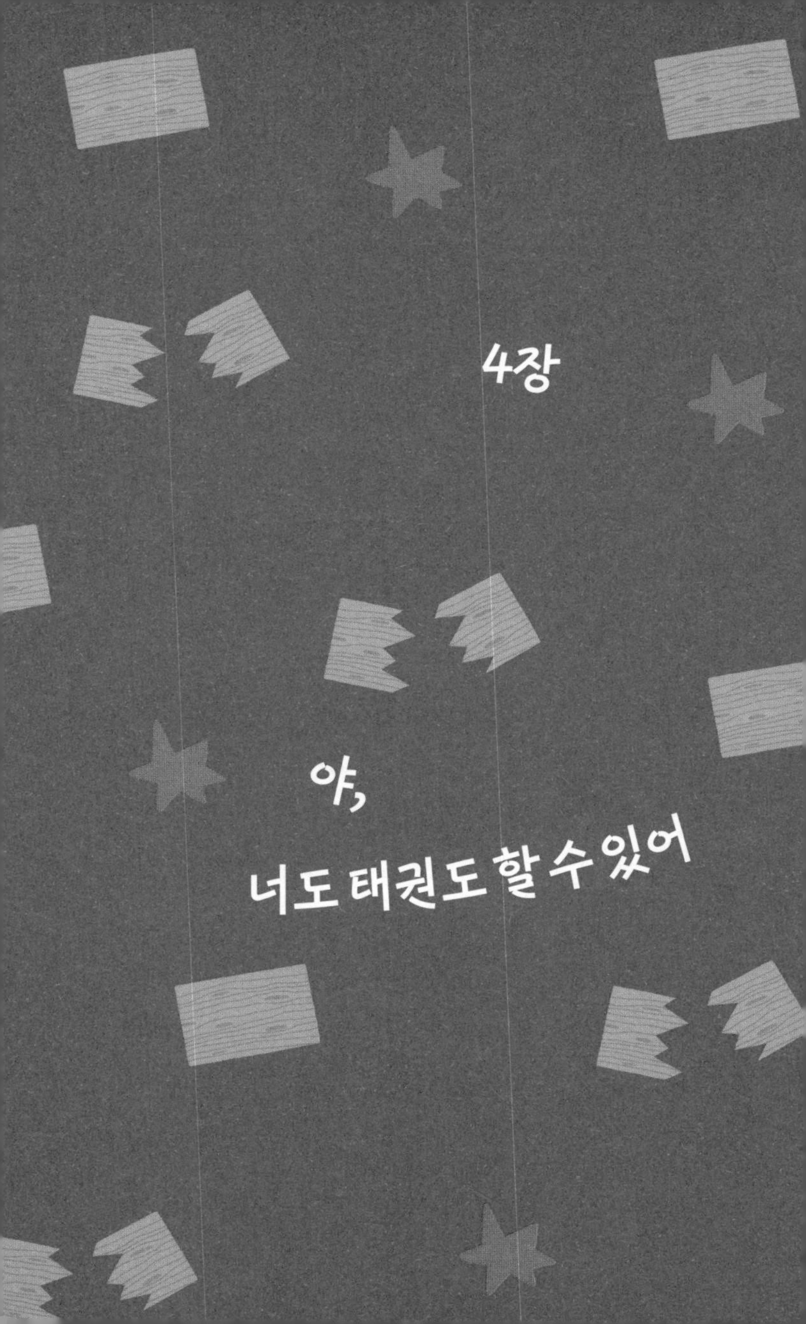

4장

야, 너도 태권도 할 수 있어

꼬리 칸에서 앞 칸으로!

그렇다면 태권도장에서는 어떤 수련을 하는가. 무엇을 배우는가. 도장마다 프로그램은 조금씩 다르겠지만 일반적인 태권도 수련은 50분에서 한 시간 동안 체력 훈련 20~30분, 발차기 훈련 5~10분, 나머지 시간에 품새, 겨루기, 격파 등으로 구성되어 있다. 근력과 유산소 운동을 섞어 놓은 체력 훈련 프로그램은 에너지 소모가 상당해서 다 하고 나면 심장이 터질 듯이 숨이 가쁘고 머리가 핑핑 돈다. 품새고 발차기고 도장 바닥에 대자로 누워 쉬고 싶은 생각만 든다. 체력 훈련을 마치면 사범님이 '1분간 휴식!'을 외친다. 가끔 나는 그 시간이 제대로 된 1분인가 의심을 한다. 분명 대략 30~40초 흐른 것 같은데 벌써 '휴식 끝'이라는 소리를 듣는다. 단체 체력 훈련이 끝나면 띠별로 맞춤 수련을 한다. 블랙벨트들은 가장 넓은 공간에서 복잡하고 화려한 동작을 배우고 수련하며, 알록달록 색깔 벨트들은 도장의 한구석에 옹기종기 모여 차근차근 기초 동작을 배워나간다. 등급별로 수련생들이 쪼개질 때의 느낌은 고등학교 야간자율학습시간을 시작할 때 자기 등수에 맞는 반을 찾아 이동할 때의 마음과 비슷하다. 열심히 해서 여유 있고 활기차게 운동하는 저쪽으로 이동하리라. 꼬리 칸에서 앞 칸으로 전진하리라. 태권도의 승급제도는 나 같은 사람에게 큰 자극이 되는 것이 분명하다.

태권도는 평화의 무예인데 저는 불을 뿜었어요

수련 첫날 사범님이 들고 있는 미트(mitt)⚡에 죽일 듯이 발차기를 했다. 시작은 앞차기다. 사범님께 간단히 앞차기의 원리를 듣고 발차기를 했다. 발차기의 원리고 나발이고 요령 없이 있는 힘껏 발을 뻗어 발등으로 미트를 찼는데 '짝' 하는 사운드가 울려 퍼졌다. 사범님이 놀라 나를 쳐다본다. "왕년에 싸움 좀 하셨어요?" 미트만 보면 달려든다. 투우사가 들고 있는 붉은 천

⚡ 사람이 직접 끼거나 손잡이를 잡고 상대의 공격을 받아주는 수련도구이다. 미트를 사용하면 실제 사람의 타이밍과 반격 능력을 이용할 수 있어서, 선수의 격투감을 올려주는 훈련에 효과적이다. 태권도장에서는 주로 주걱 모양의 미트를 많이 사용한다.

을 본 흥분한 수소처럼 말이다. 단전 저 깊숙한 곳에서부터 끓어 올려진 어떤 공격성이 폭발한다. 어린 시절 할아버지가 나에게 '장군감'이라고 했던 말이 떠오른다. 그분은 모든 것을 알고 계셨나 보다. 할아버지! 제가 드디어 적성을 찾은 것 같습니다. 뿌듯하고 기뻤다.

수련 초반, 발차기 재미에 빠져 남편과 딸에게 발차기 시늉을 하며 '조심해라!'며 농담 반 겁을 준 적이 몇 번 있었다. 그때마다 나는 남편과 딸이 움찔하는 모습을 보며 깔깔거리며 즐거워했다. 엘리베이터에 혼자 타면 내 허리쯤에 있는 손잡이 봉을 잡고 발차기, 좀 더 정확히 말해 발길질을 해댔다. 남편은 겨우 남편 겁이나 주려고 태권도를 시작했냐면서 그렇게 차고 싶으면 돌아오는 길에 나무에 발차기를 하고 오라고 했다.

나 같은 초보 수련생들이 가장 재밌어하는 것은 발차기다. 태권도 수련 중 오직 '발차기'를 하려고 온다는 사람이 있을 정도니까 말이다. 태권도의 발차기 기술은 다양하지만 기초 중에 기초 앞차기만 반복해도 뭔가 대단한 태권도 기술을 구사하는 것 같은 느낌이 든다.

그렇게 뻥뻥 발차기를 해대는 몇 번의 수련을 마치고, 어느 날 관장님은 명상으로 수련을 시작하시며 음악에 맞춰 태권도 정신에 대해 이렇게 말씀하셨다. "태권도는 나를 보호하기 위함이지 타인을 공격하기 위함이 아닙니다. 태권도의 정신은 평화이며 태권도는 평화의 무예입니다."내 마음을 꿰뚫어 보신 듯한 그 말씀에 잠시 부끄러워졌다.

평범한 사람들이 불의의 공격을 받는 상황이 얼마나 자주 있을까만은 우리 삶은 예측불가능하고 통제할 수 없는 것들로 가득하다는 것을 알게 될수록 내 몸뚱이 하나 정도는 지킬 수 있는 힘을 키우는 것이 얼마나 중요한지 알게 된다. 나는 이미 일천구백구십칠년 겨울에 집에 귀가하던 컴컴한 뒷골목에서 불의의 공격을 받은 경험이 있다. CCTV도 없고 가로등도 띄엄띄엄 있던 시절 대학원 동기들과 모임을 끝내고 터벅터벅 뒷골목을 걸어가고 있는데 갑자기 뒤에서 누가 나를 넘어뜨리더니 들고 있던 다이어리를 들고 튀었다. 도둑은 그것이 지갑이라고 생각했을 것이다. 일종의 '퍽치기'라고도 할 수 있는 그 순간 어안이 벙벙했다. 뭐가 지나간 건지 뭘 잃어버렸는지도 몰랐다. 저 멀리 날아간 백팩을 다시 어깨에 메고 바지를 털고 일어나 집으로 갔다. 음주 후 늦은 귀가로 이미 좋은 소리를 듣지 못할 것이 뻔했기 때문에 그때는 내가 당한 일을 가족에게 말하지 않았다. 오히려 별 허접스러운 내용이 다 적혀 있는 다이어리를 잃어버렸다는 수치심이 더 컸고, 더 큰 화를 당하지 않았다는 사실에 스스로를 위로했다. 대학원 친구들에게 그날의 일을 얘기했었는데 한 남학우는 이렇게 말했다. "다음부터 밤길 다닐 때

라이터를 가지고 다녀. 누가 오면 불을 딱 켜서 얼굴을 비춰." 위로랍시고 하는 그 말에 우리 모두 물색없이 웃었다. 의식적으로는 분명 괜찮다고 생각했지만 몸에 각인된 반응은 달랐다. 컴컴한 길을 혼자 걸을 때면 뒤에서 들리는 발자국 소리에 신경이 곤두서거나 나를 해치려는 움직임이 아닌 것이 확실한 상황에서조차 가까운 거리에서 발생하는 급작스러운 타인의 움직임에 대해 움찔하게 되었다.

태권도에 공격 기술이 없는 것은 아니지만 이 기술은 상대를 먼저 공격하기 위한 기술이 아니라 방어로 상대의 공격을 제어하지 못할 때 사용하는 기술이라는 점에서 근본적으로 방어 기술이다. 이처럼 태권도는 비폭력적이고 평화를 지향하는 운동이다. 하지만, 수련이 한참 부족한 나 같은 초심자들은 배운 몇 가지 기술을 활용해서 무언가를 현란하게 공격하고 싶은 마음이 한참 앞선다. 정확한 동작으로 팔과 발을 뻗어내 사범님이 잡아준 미트를 타격할 때의 그 쾌감은 와신상담, 절치부심하던 사람이 마침내 그 뜻을 이루어 해묵은 감정을 완전히 해소하는 것과 비슷할 것 같다. 수련 초심자인 나는 관장님이 그토록 강조하셨던 방어의 목적이 아니라 묵혀두었던 분노를 정당하게 표출할 목적이 더 컸다. 제대로 타격하기 위해서는 숨어 있는 몸의 힘을 끌어올릴 필요가 있으므로 집에서 도장으로 걸어가는 약 15분 정도 헤드셋을 쓰고 마음을 돋운다. 헤비메탈이나, F 워드가 꽝꽝 박혀 있는 갱스터힙합 플레이리스트를 듣다 보면 나의 몸과 마음은 이미 최종병기가 되어 있다.

이미 마음의 출격 준비는 마쳤다. 이제 본격 수련이다, 하고 도장에 도착하니 중년의 수련 동지가 "어머, 오늘은 머리띠 하고 오셨네요?" 라고 한다. 순간 '에어맥스는 중년과 어울리지 않는 물건인가!' 하는 생각이 들어 한층 끌어올린 나의 에너지가 쭉 빠지는 느낌이 든다. 그래도 귀마개로 봐주지 않아서 다행이라고 생각하며 당분간은 조금 더 즐기기로 한다. 좀 더 수련이 쌓이면 분노 해소가 아니라 호신의 태권도, 평화의 태권도로 전환할 수 있지 않을까? 하는 기대를 하며.

모든 품새의 시작은 로봇 태권V의 준비자세로

태권도에서 '준비'는 기술 수행 전 신체의 긴장을 풀고 호흡을 조절하며 정신을 집중하는 자세로 모든 품새 동작의 시작이다. 양발을 가지런히 모아 붙이는 모아서기에서 왼발을 한 발 너비로 넓힌 후, 손바닥을 하늘로 향하게 한다. 그리고 두 손을 명치 앞까지 끌어 올린 다음 손가락을 말아 쥐면서 주먹을 틀어 서서히 아래로 향하게 한다. 왼발을 완전히 디뎌 두 발에 중심이 실리는 순간 아랫배 앞에 두 주먹을 멈추고 호흡은 약 3분의 2 정도 내쉬면서 단전에 힘을 주어 선다. 주먹과 주먹 사이 그리고 몸통과 주먹 사이는 세운 한 주먹 간격으로 띄운다.

낯설지 않은 이 준비자세는 80년대 어린 시절을 보낸 사람이라면 누구나 기억할 로봇 태권V에 자주 등장했다. 태권도를 하는 로봇이라는 '국뽕'이 차오르는 이 콘셉트는 1971년 박정희 대통령으로부터 '국기태권도'라는 휘호를 하사받고 각종 국제대회를 유치하면서 태권도 인기가 절정이었던 시절에 만들어졌다. 후대의 사람들은 태권V가 구사하는 태권도 동작 수준을 보고 대략 태권도 3단 정도의 유단자가 아니었을까 추측했다.

태권도의 준비자세는 자신의 강력한 의지를 표현하는 자세이자 정신집중해 기를 모으고 호흡에 집중하는 자세이다. 또한 몸을 이완시켜 몸의 쓰임을 올바르게 해 폭발적인 힘을 나오게 하는 자세이다. 큐대만 잡아도 30이라는 당구처럼 태권도의 완벽한 준비자세는 내공 있는 무도인이 되기 위한 첫 스텝이다.

앗! 얏! 핫! 기합 소리

기합을 받아본 적은 있어도 기합 소리를 내 본 경험은 없다. 어떤 특별한 힘을 내기 위해 정신과 힘을 집중하며 내는 소리인 기합을 태권도 수련 중간 중간 내야 할 때가 있는데, 초보 수련생들은 이 기합 소리를 내지르는 것이 아무래도 어색하고 부끄럽다.

태권도 수련을 오래 한 사람의 기합 소리에는 상대를 압도하는 기세가 있다. 소리에 쫀득쫀득한 근육이 붙어 있는 것 같다. 문자로 표현하자면 주로 '얏, 핫, 앗' 이런 종류의 음성이지만 짧고 강하게 온 힘을 모아 한 번에 내지르는 기합 소리는 수련자에 따라 변화무쌍하다.

기합이란 기(氣)를 한 곳으로 모아 태권도의 동작 기술과 움직임에 힘을 불어넣는 것이다. 단순히 목청을 높여 소리를 지르는 것에 그치지 않고 기세를 폭발시켜 상대방의 기운을 뒤흔들 수 있어야 한다. 태권도 동작을 할 때 내는 기합 소리는 움직임에 앞선 기합 소리, 움직임과 함께 하는 기합 소리, 움직임을 마친 후의 기합 소리로 구분해볼 수 있다. 또한, 짧게 끊는 소리와 오랫동안 길게 쭉 뽑아 늘이는 기합 소리가 있을 뿐 옳은 기합 소리라는 것은 없다.

수련생들은 수련을 지속하면서 자신의 태권도 움직임과 조화롭게 울릴 수 있는 고유한 기합 소리를 만들어 내는 것처럼 보인다. 관장님의 기합 소리는 전쟁터 맨 앞줄에서 적진을 향해 돌격 앞으로 내지르는 것 같은 느낌이다. 사람을 두렵게 하여 복종하게 만드는 위세가 가득한 매우 단단한 목소리다. 다른 사범님의 기합 소리는 타인을 두렵게 만든다기보다 완전히 집중한 상태에서 몸과 마음의 숨은 기운을 뽑아 올리는 간결하고 힘 있는 소리다.

나는 꽤 자주 '기(氣)'가 세다는 말을 들으며 자랐다. 그때는 기가 세다는 말이 단순히 힘이 세다, 남자아이 같다는 소리인 줄 알았다. 허약한 아이들에게는 부모들이 정성껏 용을 달여 먹이던 시절이었는데 나는 큰 병치레 없이 무럭무럭 옆으로 자랐다. 십수 년 전 아이러브스쿨(학교와 재학생, 졸업생을 잇는 플랫폼)이 한창 유행일 때 만난 초등학교 동창들이 그때 너의 카리스마가 장난아니었다고 증언하는 걸 보면 나의 타고난 기운이 여느 여자아이와 달랐던 것은 사실인 것 같다. 지금은 많이 사라졌지만 길거리에서 도에 대한 철학적 문답을 청하는 분들도 심심치 않게 '당신의 기운이 남다르다'고 말을 걸어왔다. 심지어 결혼을 할 때도 시어머니께서 '우리 며느리는 사주가 높다'라는 완곡한 표현으로 나의 기를 지적하시며 당신 아들이 혹여 며느리한테 잡혀 살지나 않을까 하는 작지 않은 우려를 표현하셨다. 이런 나라면 태권도에서 기합 소리 정도는 아무렇지 않게 뽑아 올릴 수 있을 줄 알았는데 그렇지 못했다.

나를 비롯한 초보 수련자의 기합 소리는 어떤가. 친한 친구가 장난으로 살짝 쳤을 때 '아' 하는 정도의 볼륨이다. 판소리 완창을 하라는 것도 아니고 짧고 굵게 내지르는 기합 소리를 내는 것이 왜 그렇게 힘들었던 걸까. 나도 다른 선배 유단자처럼 지축을 박차고 오르는 위세 등등한 소리를 내지르고 싶었지만 목구멍에서 막혀 소리가 나오지 않았다. 정확한 동작을 따라 하기도 정신이 없어서 어느 시점에 기합 소리를 내야 할지 타이밍을 찾기 힘든 이유도 있었지만 가장 큰 이유는 부끄러움과 창피함이었다. 이 중년의 아줌마가 죽자 살자 소리를 질러대며 엉망진창으로 동작을 하는 모습이 얼마나 우스꽝스러워 보일까. 물론 우리의 따뜻한 태권도 수련 동지들은 어떤 경우에라도 박수를 쳐주고 기운을 북돋아주고 때로는 환호와 박수로 내가 차마 발성하지 못한 기합 소리를 대신해주기도 한다. 언제나 그렇듯 다른 사람이 아니라 내가 내 자신을 우스꽝스럽다고 의식하며 행동을 제약하고 있었다.

꽤 그럴듯한 기합 소리를 발화하는 데 몇 개월이 걸렸다. 내가 내지른 소리에 내가 놀랐다. 소리를 내지르는 순간 머릿속으로 틀리면 어쩌나, 못하면 어쩌나, 다른 사람들이 나를 이상하게 보면 어쩌나 하는 생각들이 날아가고 바로 여기 있는 나만 느껴졌다. 한번 소리를 내고 보니 기합 소리가 조금 수월하게 터져 나왔고 급기야 첫 수련승급 심사에서 '기합 소리'가 좋다는 평가를 받았다. 드디어 나의 '기'를 제대로 활용하게 된 것이다.

한없이 낯선 태권도의 움직임

태권도 기술을 수행하기 위해서는 우선 몸을 움직여야 하는데 이러한 몸의 움직임을 동작이라고 한다. 태권도 기술의 대부분은 손과 팔, 발과 다리를 활용한 것으로 이런 기술을 발휘하기 위해서는 허리를 비틀거나 굽히거나 혹은 어깨 관절, 엉덩이 관절을 함께 움직여야 한다. 지금도 그렇지만 평소에 쓰지 않던 관절을 격렬하게 써야 하는 동작들이 많다 보니 나처럼 중년 이후 태권도를 처음 배우는 사람들은 부상을 당하지 않게 특별히 더 조심해야 한다. 욕심을 부려 팔다리의 가동 범위를 함부로 크게 했다가는 우두둑 관절이 지르는 비명 소리를 듣거나 재활통증의학과에 방문할 일이 생기고야 만다.

태권도는 서기, 지르기, 막기, 치기, 차기 등 무려 130개의 기술이 있고 그 기술을 수행하기 위한 동작들이 엄청나게 많다. 아마 이 기술을 모두 익히고 외울 수 있다면 신체 건강은 물론 노화에 따른 인지기능 저하를 충분히 예방할 수 있을 것이다.

대표적인 팔 기술로는 '지르기, 몸통막기, 바깥치기, 아래막기, 얼굴막기'가 있으며 발기술로는 '앞차기, 돌려차기, 옆차기, 뒤차기, 뒤후려차기, 내려차기' 등의 11개 동작이 있다. 지르기, 옆차기, 뒤차기는 팔과 다리를 뻗어내는 동작이며 나머지 기술은 팔과 다리를 휘돌리는 동작이다. 태권도 각 동작에 붙은 순우리말 이름도 정겹고 신선하다. 이름만 들어도 그 동작을 상상할 수 있는 직관적인 이름인데 그중에서도 나는 돌려차기와 후려차기의 시원한 어감이 특히 더 좋고 완벽한 후려차기가 공간에서 그려내는 포물선이 아름답다.

태권도가 다른 무술과 가장 큰 차이를 보이는 것은 다양한 종류의 위력적인 발차기 기술이다. 유단자들이 자로 잰 듯 일자로 다리를 쫙 뻗어 앞으로, 옆으로 올린 모습을 보면 인간의 몸이 이렇게 우아한가를 느끼게 하는 무용 공연을 보는 느낌이 든다. 그러나 나의 현실은 그렇지 못했다. 일단 발이 높이 올라가는 것을 방해하는 것은 허리와 복부, 골반 주변에 두둑이 붙어 있는 살이다. 다리를 뻗을 때마다 이 살들이 출렁이며 단체로 우르르 움직이는 느낌이 상당히 불쾌하다. 그때마다 뱃살을 힘으로 눌러 등에 붙여 보려고 하지만 여기서 또 하나의 장애물이 있으니 그것은 바로 골반의 가동 범위다. 흔히 발차기를 잘하려면 180도 다리찢기로 표현되는 유연성이 좋아야 한다고 생각하지만 안정감 있게 발차기를 하기 위해서는 골반에서 허리로 이어지는 근육들이 단단해야 한다. 그래서 골반이 움직이는 위, 아래, 옆의 가동범위를 자유롭게 만들어주어야 한다. 군대 전투태권도에 대한 남성들의 트라우마는 주로 발차기를 위해 강제로 다리찢김 당했을 때인데, 그렇게 무식하게 찢지 않아도 발차기를 충분히 잘할 수 있다.

허리에 디스크가 있고, 오른쪽 다리 고관절이 약한 나의 신체 현실은 출렁이는 무거운 다리를 저 허공 높이 깊게 찌르지 못하도록 번번이 좌절시켰다. 힘과 의지는 넘치지만, 신체의 핸디캡 때문에 하고자 하는 욕구만큼 다리를 올리지 못하는 나에게 관장님은 너무 욕심내지 말고 천천히 조금씩, 허리 주변의 근력을 키워보자고 격려해주셨다. 발차기를 잘하려고 허리 스트레칭 기구를 샀고 발차기를 잘하려고 개인 PT에 등록했다. 배보다 배꼽이 더 커지는 상황을 맞았다.

태권도의 행동양식, 품새

품새는 순수 우리말인 품과 새의 합성어로 품은 모양이나 동작, 됨됨이 등을 나타내는 말이며, 새는 모양새, 꼴, 맵시 등을 의미한다. 태권도의 필수 수련법인 품새는 태권도와 정신과 기술의 정수를 모아 심신수양과 공방의 원리를 직, 간접적으로 표현한 행동양식이다. 즉, 가상의 상대를 두고 공격과 방어를 펼치며 태권도의 정수가 담겨 있는 기본 기술들을 정해진 순서대로 수련하는 행위를 말한다.

품새는 유급자를 위한 태극 1장~태극 8장과 유품, 유단자 품새 아홉 가지로 구성되어 있다.

유급자의 품새는 8장 모두 똑같이 태극이라는 이름이 평등하게 붙은 반면, 유단자의 품새는 고려, 금강, 태백, 평원, 십진, 지태, 천권, 한수, 일여 등 이름만 들어도 가슴이 웅장해지는 단어가 붙어 있다. 어려운가? 맞다. 초보 수련자들이 가장 어려워하는 것이 품새 동작을 암기하는 것이고 높은 포부를 가지고 태권도 수련을 시작했다가 그만두는 이유도 품새인 경우가 있을 정도다.

누군가가 자신을 '태권도인'이라고 소개할 수 있으려면 태극 8장을 모두 마스터한 뒤 금강 품새를 배우게 될 시점이어야 한다. 체력 훈련과 발차기 기본 기술은 도장 전체 수련생이 함께 하지만 품새 수련에 들어갈 때는 삼삼오오 같은 색깔의 띠를 찾아 모인다. 저 멀리 일군의 유단자들이 함께 품새를 익히는 모습을 보면 마치 절도있는 매스게임을 보는 것 같다.

태극 품새는 태극의 깊은 사상과 뜻을 담아

팔괘를 일괘씩 품새에 배정한 것으로 태권도 입문 초기의 유급자를 대상으로 한 것이다. 태극사상의 팔괘는 하늘, 연못, 불, 우레, 바람, 물, 산, 땅과 같은 자연물을 상징하는 특성들이 있는데, 자연은 인간에게 있어서 최초로 주어진 환경이며 동양에서는 공존과 공유, 그리고 조화의 대상으로 인식된다. 이러한 자연의 기세와 특징들을 반복적이고 추상적으로 이미지화한 것이 태권도 동작이다. 1장의 가장 쉬운 동작에서부터 8장의 가장 어렵고 복잡한 동작들까지 난이도가 점점 높아진다.

평생 책상물림으로 공부를 한 사람이라서 그럴 수도 있겠지만 태권도 수련 이면에 이런 태권도의 철학을 알아가는 것이 매우 흥미로웠다. 하지만 도장에서는 이런 내용을 따로 교육하지는 않는다. 매달 정해진 품새를 조금씩 나눠 배울 뿐 품새를 비롯한 태권도의 기본 동작이 어떻게 만들어지고 어떤 체계로 구성되어 있는지 따로 찾아보지 않는다면 알 길이 없다.

어렸을 때 태권도를 배워본 경험이 없는 사람이 성인이 되어 태권도를 배울 때 가장 크게 어려움을 느낄 수 있는 수련 영역이 품새를 익히는 것이라고 한다. '중장년층 여성의 태권도 수련이 태권도장 활성화에 미치는 영향'이란 연구를 보면 중장년 성인 여성이 태권도라는 운동을 시작할 때 가장 낮은 호감도를 보이는 수련 영역이 바로 품새였다고 한다. 그래서 이 논문의 요지는 전통 태권도 수련 중심이 아니라 중장년 여성의 요구를 반영한(논문에 의하면 태권도 댄스 같은 생활체육 훈련 프로그램류) 프로그램을 진행해야 태권도장이 활성화될 것이라는 얘기다. 품새가 이렇게 진입장벽이 있는 영역이다 보니 전체 태권도 수련 중 품새에 할당된 수련 시간은 길지 않다. 사범님들도 혹여 수련생들이 빨리빨리 품새를 익히지 못해서 태권도 수련 자체에 흥미를 잃고 지루해할까 봐 염려하시는 눈치다. 맨 처음 태극 1장의 품새를 배울 때 나의 팔과 다리가 내 의지와 다르게 제멋대로 움직이는 것을 보며 몹시 당황했었다. 나는 분명 저쪽으로 움직이려고 하는데 내 몸은 대뇌의 명령을 전혀 따르지 않고 있었다. 정해져 있는 순서에 따라 몸으로 뭔가를 익혀본 일이 초등학교 운동회 단체 무용 이후로는 처음인 것 같다.

사범님은 품새가 진행되는 기본 원리를 숙지하면 그다음 품새부터는 동작을 익히는 것이 그렇게 어렵지 않을 거라 희망을 고취시켜주셨다. 태극 1장에 이어 2장까지 익히며 3~4개월이 흐르고 났을 때에야 기본 원리라는 것이 어떤 것인지를 희미하게나마 알 수 있었다. 좌우, 위아래, 안에서 밖으로 품새의 동작들은 지정된 길 안에서 일정한 패턴으로 진행된다는 것을 말이다. 그 패턴을 이해하고 나니 동작에 신경을 쓰면서 정교하고 정확하게 움직임을 구사하려고 애쓰는 내 자신을 발견할 수 있었다. 그렇게 품새 한 장을 끝내면 의외로 숨이 차고 힘이 든다. 발차기나 겨루기에 비해 정적으로 느껴지고, 그래서 더 나머지 공부처럼 하게 됐던 품새 수련들을 막상 제대로 하려면, 운동 능력이라고 이름 붙일 수 있는 모든 능력이 활용되어야 함을 깨달았다. 품새는 정말 어마어마한 수련이다. 관장님은 부상 이후에 품새 수련으로 재활 훈련을 하셨다고 하는데 품새가 재활에 왜 도움이 되는지 조금 이해할 수 있을 것 같다. 수련 첫 몇 달은 발 차는 재미에 몰두했다면 이제는 품새의 새로운 매력을 느낀다. 품새는 태권도에 대한 잘 짜인 한 편의 이야기 같다고나 할까.

파괴지왕으로서 격파는 껌이라고 생각했어요

격파는 공격 기술을 이용해 목표물을 정확하게 가격해 깨는 행위를 말한다. 방송에서 흔히 볼 수 있는 태권도 시범단들은 묘기에 가까운 다채로운 기술로 다양한 사물들을 격파한다. 단체로 함께 날아다니면서 격파할 때 눈이 오는 것처럼 우수수 떨어지는 잔해물들을 보면 턱이 빠질 정도로 감탄하게 된다. 대부분 그런 시범을 보면 위화감이 느껴져 태권도는 아무나 시도할 수 없겠다고 생각하거나 나처럼 고작 1년 수련하고 540도 돌려 날아 차 격파를 하겠다는 과대망상에 가까운 꿈을 꾸게 되기도 한다. 태권도 격파는 위력격파와 기술격파로 나눌 수 있는데 우리가 보는 시범단 선수의 화려한 격파는 기술격파에 속한다.

태권도 수련을 하기 전부터 나는 일상생활에서 의도치 않은 격파를 했던 사람이다. '어떻게 하면 저게 부러지니?'라는 말을 종종 듣곤 했다. 나조차도 미처 가늠할 수 없는 파워로 일상생활 속 파괴지왕으로 살아왔다.

슬프다,
내가 지나갔던 자리마다 모두 폐허다.
나에게 왔던 물건들,
어딘가 몇 군데는 부서진 채 모두 떠났다.

이렇다 보니 격파는 자신 있었다. 무릎을 꿇고 있다가 수직으로 점프하여 주먹을 내리꽂아 벽돌 몇 장은 후두둑 부숴버릴 수 있을 것 같았다. 하지만 초보 수련생에게 그런 격파를 시키지는 않는다. 모든 승급심사에 격파가 있지만 유급자들은 가장 난이도가 낮은 기본 격파기술만 익히면 승급 심사를 통과할 수 있다. 심사에 사용하는 송판은 그다지 두껍지 않아서 웬만한 힘으로 가볍게 쩍! 하고 갈라놓을 수 있는 수준이다. 송판을 들고 있는 사범님도 격파가 될 수 밖에 없는 위치를 알아서 잡아주기 때문에 격파 심사에서 실패를 겪을 확률은 없다. 최소한 유급자들의 수련 심사에서는 그렇다. 심사를 마치고 나면 내가 격파해서 두 쪽 난 송판을 기념으로 받는데 그걸 보면 뭔가 정면 돌파로 한계를 극복한 정신승리의 느낌이 들어 뿌듯하다.

너와 나의 거리, 겨루기

겨루기란 기본 기술로 방어, 공격, 이동 동작들을 응용하여 상대방과 우열을 가리는 수련이다. 몸통보호구, 머리보호대, 샅보호대, 팔다리보호대, 손, 발등 보호대, 마우스 피스까지 착용하고 상대방과 말 그대로 격투를 하는 것이 겨루기다. 쉴 새 없이 움직이며 발차기를 하거나 상대방의 공격을 피해야 하기 때문에 어마어마한 유산소 운동의 효과가 있다. 겨루기는 파워만 좋을 뿐 민첩성과 순발력이 떨어지는 나 같은 사람에게 가장 어려운 수련 영역이다. 또한 초급 수련자들은 겨루기를 할 만큼 충분한 기본 기술을 익히지 못했기 때문에 유단자처럼 겨루기에 임할 수 없다.

겨루기 수련 시작 전 열댓 명의 여성들이 단체로 머리부터 발끝, 손끝까지 보호장비를 갖춰 입은 모습을 보고 있으면 외계인에 맞서 지구라도 지킬 수 있을 기세다. 도장 거울에 비친 내 모습도 괜찮았다. 겨루기에 주어진 시간은 단 60초, 상대방의 몸통을 가격해서 포인트를 받는 방식이다. 어떤 기술을 써서라도 몸통을 가격해야 한다.

블랙벨트 유단자끼리의 겨루기가 시작되었다. 호루라기가 울리자마자 두 명 모두 몸통을 가격할 만한 적당한 거리를 유지하기 위해 쉴 새 없이 움직이기 시작했다. 제대로 타격했을 때 나는 엄청난 소리를 들으면 마치 내가 맞은 것같이 아프기도 했다. 겨루기가 종료되고 나면 두 명 모두 지쳐서 나가떨어진다. 싸움 구경이 제일 재미있다더니 정말 그랬다. 누구 한 명에게 돈이라도 걸고 싶은 심정이다.

이제 내 차례다. 선배들의 겨루기 시합을 보면서 나의 공격본능은 이미 '풀' 충전됐다. 상대방의 몸통에 나의 발을 내리꽂으리라 결심하며 그녀와 맞섰다. 상대방은 내 실력보다 몇 단계 위 갈색 벨트, 20대 수련생이었다. 키는 크지만 몸무게는 내 절반 정도 될까 싶은 가냘픈 청년이었다. 시작 신호를 듣고 나는 개처럼 달려들었다. 마음속으로 상상했던 모습은 가벼운 발놀림으로 움직임을 잘게 쪼개며 상대방에게 접근해 앞차기, 내려차기, 돌려차기 등 내가 알고 있는 발차기의 모든 기술을 구사하는 것이었지만 현실은 마구잡이로 달려드는 개싸움이었다. 여차하면 머리카락도 잡고 쥐어뜯을 판이다. 가냘픈 청년은 중앙에서 구석으로 도망치다가 코너에 몰렸다. 끝까지 쫓아간 나는 어설픈 발차기를 계속하다가 보호장구가 미처 커버하고 있지 못하는 그녀의 골반 어디쯤에 발가락이 빗맞아 부상을 당했다. 그것이 나의 마지막 겨루기 수련이었고 발가락의 안정 가료를 위해 3주간 태권도 수련을 하지 못했다. 병원 의사선생님이 어쩌다가 이렇게 됐냐고 물었다. 대충 얼버무려도 될 일을 사실대로 말했더니 "환자분이 이렇게 될 정도면 상대방은 엄청 다쳤겠어요"라고 하신다. 나의 기운을 느낀 것일까 아니면 내 덩치에 기인한 임의적 추론일까.

태권도 겨루기를 할 때 적당한 거리에 내 자신을 두어야 한다. '태권도의 거리'란 상대의 공격은 나에게 미치지 않고 자신의 공격은 상대에 이를 수 있는 거리다. 그 거리를 유지하려면 상대방의 움직임에 따라 내 움직임을 조정해야 한다. 그래서 쉴 새 없이 움직일 수밖에 없다. 나를 비롯한 초보 수련생들은 태권도의 거리를 유지하지 못한다. 나처럼 공격을 하겠다는 마음만 앞서 돌진하다가 상대방이 나를 공격할 공간을 허락하고야 만다. 그러다가 상대방이 공격해오면 내가 다시 공격할 지점을 찾지 못하고 우르르 뒤로 후퇴한다.

겨루기를 잘하는 태권도인은 늘 상대방과 같이 움직이는 사람이다. 그러려면 어떠한 상황에서도 상대방에게 눈을 떼서는 안 된다. 상대를 보는 것이 나를 보는 것이며 나를 보는 것 또한 상대를 보는 것과 다르지 않아야 한다. 태권도 거리가 대인관계의 심리적 거리와 다르지 않다는 걸 느낀다. 사람 사이의 심리적 거리도 고정된 것이 아니라 상대방과 연결되어 끊임없이 조화롭게 변화해야 한다. 그러기 위해 내가 어디에 있는지 자각해야 함은 물론이다. 즉, '마인드풀' 해야 한다.

갈고 닦아야 할 마음 그릇, 인성

내가 다니는 도장의 성인 수련생들이 다 함께 모여 있는 단톡방이 있는데, 다들 매일 "오늘 몇 시 수련 참석합니다!"라고 메시지를 남긴다. 운동을 한다, 수업을 들으러 간다고 하지 않고 수련을 하러 간다고 말하는 것이 다른 체육 활동과 태권도가 다른 점이다.

태권도는 막고, 차고, 지르는 격투 기술뿐 아니라 기술의 습득 및 활용에 지침이 되는 정신적인 내용도 포함하고 있다. 즉, 태권도 수련을 한다는 것은 기술의 습득 외에 정신적 내용을 숙지하는 일이며 기술만 수련하는 것은 태권도를 반쪽만 수련하는 것이다. 태권도 '기술'이 불의의 공격으로부터 자신을 보호할 수 있는 힘, 공격당하는 타인을 도울 수 있는 힘을 기르는 것이라면, 그 힘이 함부로 남용되지 않고 조절할 수 있도록 하는 것이 바로 태권도 '정신'이다. 그리고 바로 이 태권도 정신은 '태권도 인성' 함양에 녹아 있다.

태권도에서 말하는 인성이란 다양한 삶의 영역에서 나타나는 도전과 요구를 효과적으로 대처하는 데 필요한 사회, 심리, 행동 역량이다. 심리학에서 말하는 기질과 성격, 스트레스 대처를 위해 필요한 심리적 자원 같은 개념과 크게 다르지 않다. 도장에 가면 이달에 함양해야 할 인성 항목이 큰 글씨로 출력되어 붙어 있다. 태권도 인성 덕목은 예의, 인내, 집중, 자신감, 존중, 배려, 신뢰, 리더십, 협동, 헌신 책임, 정의로 지정되어 있으며 각 덕목을 도장과 가정, 사회에서 어떻게 실천할 수 있는지 구체적인 실천

내용을 함께 명시하고 있다. 태권도 인성차트대로 온 국민이 인성을 함양한다면 아마 심리상담실에 방문할 내담자는 없을 것이다.

나는 품새를 통해 몸쓰임을 익히고 격파와 발차기를 하면서, 알고 있지만 고치기 힘든 인성의 한 측면을 자주 마주했다. 그것은 'ㅂㄷㅂㄷ'로 명명할 수 있는 어떤 상태이다. 부들부들의 초성을 딴 'ㅂㄷㅂㄷ'은 온라인 커뮤니티와 SNS에서 자주 사용하는 용어로 화와 짜증, 약이 올랐을 때 몸을 떠는 모양을 표현한 의성어이다. 'ㅂㄷㅂㄷ'과 함께 붙어서 나오는 연관단어는 발작버튼이다. 예를 들어 '발작버튼이 눌려 완전 ㅂㄷㅂㄷ함. 장난 아님' 이런 식으로 활용 가능하다.

내가 최고로 부들부들한 날은 두 번째 승급심사 날이었다. 승급심사를 위해 과하게 열심히 준비했다. 지정된 품새를 완벽히 익혔고, 발차기도 자신 있었다. 격파 난이도 또한 쉬워서 큰 문제가 없었다. 겨루기 역시 사범님과 합을 많이 맞췄던 터라 크게 걱정하지 않았다. 승급심사는 개인 품새 동작 수행부터 사범님의 구령에 맞춰 수행하게 되는데, 기대했던 대로 한 번도 틀리지 않고 동작을 마무리했다.

문제는 그다음이었다. 관장님은 구령 없이 연속동작으로 품새를 다시 한 번 더하라고 하셨다. 나는 그런 지침을 들은 바가 없어서 매우 당황스러웠다. 그러다 보니 동작 몇 개를 빼 먹고 품새 동작을 마무리했고 그때부터 몸과 마음이 ㅂㄷㅂㄷ을 향해 달궈지는 것을 느꼈다. 설상가상 겨루기 상대를 해주는 사범님까지 이전에 내가 자주 합을 맞춰봤던 사범님이 아니라 처음 상대하는 사범님이었다. 사범님이 들고 있는 미트가 내가 차는 발높이와 맞지 않아 자꾸 비껴 맞았고, 그다음부터는 모든 게 엉망이 됐다. 발작버튼은 이미 눌려졌고 그다음부터 다른 수련생들의 수련 심사를 관전할 맛이 나지 않았다.

나는 잘했고, 잘할 수 있었는데 미리 가르쳐주지 않은 지침 때문에, 초짜 사범님 때문에 내가 기대하고 그렸던 승급심사를 망쳐버렸다는 생각이 내내 머릿속에 맴돌았다.

승급 심사를 모두 마치고 관장님의 개별 평가를 들을 시간이 되었다. 관장님은 '그동안 정말 열심히 한 것을 안다. 품새에서 실수가 있었는데 그래도 당황하지 않고 잘 마무리했다. 한 번 실수하면 이후 동작이 전혀 생각이 나지 않는 경우가 많다. 유단자들도 그렇다. 그런 경험을 미리 해본 것이라 생각하라'며 격려와 위로가 섞인 코멘트를 해주셨다. 이미 눌린 발작버튼이 내 입을 떼게 만들었다. 나는 다소 흥분된 목소리로 "저는 연속동작으로 한 번 더 해야 한다는 얘기를 듣지 못했는데요?"라고 말하고야 말았다. 왜 나에게 익숙한 사범님이 아니라 초짜 사범님이 겨루기 상대를 해서 내 실력을 제대로 발휘할 수 없게 만들었냐는 말은 삼켰지만 도장에 울려 퍼진 내 목소리를 듣자마자 금방 후회했다. 이게 뭐라고 이렇게 따질 일인가?

집으로 돌아가는 길에 생각했다. 내가 또 나답게 대처한 것이다. 이런 비슷한 상황은 예전에도 반복됐었다. 남편한테 승급 심사 상황을 얘기하며 "나는 왜 이렇게 사소한 일에 부들부들할까?"라고 했더니 남편은 "몰랐어? 당신 원래 그래"라며 마음이 훈훈해지는 부부의 정을 확인시켜주었다.

경쟁을 하면 이겨야 하기 때문에 가급적 경쟁을 하지 않으려고 한다. 부당하고 비효율적인 것은 견디지 못한다. 좋은 게 좋은 거라며 넘어가는 사람들과 상황을 혐오했다. 좋은 것은 좋은 것이고 나쁜 것은 나쁜 것이지 왜 얼렁뚱땅 상황을 무마하려 하는가! 죽자 살자 달려들어 잘못된 것을 바로잡고자 했던 적이 몇 번 있었다. 잘못은 바로잡혔지만 후련하지는 않았다. 모든 경쟁에서 우리는 이길 수 없고 세상은 일정 부분 불공정하다. 우리는 때로 비효율적인 상황에 익숙해져야 한다. 매번 따지고 싸워봤자 크게 달라지는 것은 없다. 제대로 싸워야 할 일을 위해 사소한 것들은 감내해야 한다. 태권도 수련에서 함께 함양되어야 하는 것이 인성인데 이런 면에서 나는 제대로 인성 교육을 받고 있었다.

골프 연습장 옆 태권도장

아파트 상가 건물 지하에 있는 우리 도장은 같은 층, 맞은편에 골프 연습장을 이웃으로 두고 있다. 지하라고 해서 완전히 사방이 막힌 곳이 아니라 바깥에서 도장으로 직접 진입할 수도 있고 건물 엘리베이터를 통해 내려올 수도 있으며 지하 주차장을 통해 들어올 수도 있는 다소 독특한 구조다. 골프 연습장 이용객들도 마찬가지다. 그러니까 이 지하에는 골프백을 매고 연습장을 이용하는 사람들과 도복을 입고 도장으로 향하는 두 부류의 운동인이 있는 곳이다. 나는 주로 바깥에서 진입하는 외부 계단을 이용해

도장을 내려가는데 삼삼오오 모여 담배를 피우고 있는 연습장 이용객 남성들을 만나곤 한다.

우리 도장에는 내내 사람 소리가 들린다. 기합 소리, 체력 훈련을 할 때 다 함께 개수를 세는 소리, 주먹과 발이 미트를 가격할 때 들리는 타격소리 그리고 웃음소리, 신음소리 같은 것들 말이다. 바닥과 천정, 그리고 거울뿐이라 텅 빈 공간인 듯 보이는 이 도장을 가득 채우는 사람의 소리는 낮 동안에는 유치원 꼬마들, 늦은 밤에는 성인의 소리로 이어진다. 골프 연습장에서도 소리가 들린다. 기계에서 나온 골프공이 골프채에 제대로 얻어맞고 날아가 퍽하고 떨어지는 소리다. 도장에서 들리는 사람 소리보다 훨씬 강력하고 세다. 퍽, 딱, 퍽, 딱. 규칙적이고 단조롭다.

골프 연습장 창문에는 멋진 몸매의 외국 남녀가 푸른 그린 위에서 풀스윙을 하는 그림이 박힌 시트지가 촘촘히 붙어 있어, 내부가 어떤 모습인지 알 수 없지만, 우리 도장은 다르다. 우리 도장은 복도 쪽으로 창문이 나 있어 지나다니는 사람들이 도장 내부를 훤히 들여다볼 수 있다. 가끔 골프 연습장을 이용하는 남성들이 흘끔흘끔 훈련 모습을 훔쳐볼 때가 있다. 늦은 시간에 이 많은 성인 여성들이 도복을 입고 있는 모습은 흔히 볼 수 있는 풍경은 아닐 테니 관심을 끌만도 하다.

나는 외부 시선이 느껴질 때면 더욱 어깨에 힘이 들어가고 온몸에 각을 잡게 된다. 어떨 때는 제대로 눈이 딱 마주칠 때도 있는데 다른 상황 같으면 슬쩍 시선을 피했을 텐데도, 도장 안에서 도복을 입고 있는 나는 '뭘 봐요 아저씨, 태권도 하는 아줌마 처음 봐요? 신기해요?'의 언어를 담은 눈빛을 찌릿찌릿 보내며 눈싸움 한 판을 해본다. 상대방이 피할 때까지.

조금 더 신날 때는 이럴 때다. 나 같은 초급 유급자들의 엉성한 발차기가 아니라 유단자나 혹은 사범님이 현란한 품새와 발차기를 시연하는 바로 그 순간 바깥에서 누군가가 쳐다볼 때다. '봤지?! 우리가 하는 게 이런 거라고. 스윙하다가 나와서 담배나 피고 말이야. 자고로 운동이란. 맨몸으로, 막, 어, 이런 게 어, 이런 게 운동이야' 이들의 멋짐을 대신 자랑해주고 싶다.

언제부터인지 모르겠지만 복도 쪽 창문에 슬라이딩 창문이 덧씌워지면서 더 이상 외부에서 내부를 들여다볼 수 없게 되었다. 그래서 쓸데없이 눈싸움 한 판을 할 일도 없어졌지만, 그래도 가끔 벌건 얼굴을 하고 '오늘 완전히 불태웠다'라는 상쾌한 느낌으로 도장을 나서다가 보송보송하고 창백한 얼굴의 골프 연습장 이용객을 마주칠 때면, '자네, 환경친화적이고 땀을 쑥 빼는 효율적인 운동다운 운동을 해보지 않겠나' 하는 우월감을 느끼게 된다. 이건 어쩔 수 없다.

중년의 핵주먹, 나는야 악력왕

도장에서 6개월마다 체력측정을 하는데 뛰어난 향상 능력을 보인 수련생에게는 상장을 수여한다. 측정영역은 총 다섯 가지다. 15m 오래달리기로 측정하는 심폐지구력, 악력기로 측정하는 상지근력, 윗몸일으키기로 측정하는 근지구력, 앉아웃몸앞으로와 굽히기로 측정하는 유연성, 제자리멀리뛰기로 측정하는 순발력이다. 인바디기계로 측정하는 체성분 검사도 있지만 공개된 장소에서 당당하게 올라설 수 있는 여성 수련생들만 자원하여 측정한다. 물론 나는 그 근처에도 가지 않는다.

제자리멀리뛰기를 이 나이에 다시 하게 될 줄이야. 초등학생 딸아이 역시 너무나 내 딸인지라 제자리멀리뛰기를 못해 체육시간마다 스트레스를 받았다. 딸아이는 다른 애들은 별 힘도 들이지 않고 펄쩍 뛰어 메뚜기처럼 날아가는데 본인은 힘껏 뛰어도 바로 코앞이라 반 친구들의 시선이 집중되는 그 상황을 못 견디겠다고 하소연했다. 그 마음, 내가 모를 리 없다. 그래도 뭐라도 해보자 싶어 인터넷 검색과 유튜브 영상으로 '제자리멀리뛰기 하는 법'을 익혔고 한적한 아파트 공원에 나가 영상을 틀어놓고 반복 연습을 했다. 그런데도 재현이 불가능하다는 것을 경험하고 우리 모녀는 당당히 포기하기로 결정했다. 제자리멀리뛰기를 못해도 사는 데 아무 지장 없다는 상당히 비교육적인 코멘트를 덧붙인 격려와 함께. 딸도 나도 최고 기록 1m로 만족한다. 한때 복싱에 관심을 가졌던 적도 있었는데 두 달간 줄넘기만 시킨다는 지인의 증언을 듣고 마음을 접었다. 딸 친구들이 줄넘기 대회를 나가 각종 묘기를 부릴 때 우리 딸은 기본 제자리뛰기를 하기 위해 10회 개인 교습을 받아야 했다. 그 원죄가 나에게 있기에 지급해야 하는 당연한 대가였다. 타고난 몸의 감각으로 운동을 하는 사람들은 우리의 세계를 알지 못한다.

그래도 윗몸일으키기는 조금 낫다. 두툼한 뱃살 핸디캡을 안고 20개는 할 수 있다. 옆에서 40대 유단자 수련생이 펄떡거리는 활어처럼 연신 몸을 일으켜 세우고 눕힐 때 나는 나만의 속도로 천천히 진중하게 몸을 끌어올렸다. 배치기 같은 것은 없이 정석대로 진정성 있는 윗몸일으키기를 했다. 학창시절 못한다는 사실이 너무 창피하고 수치스러웠던 것이 윗몸일으키기, 달리기, 제자리멀리뛰기였는데 지금은 마냥 허허실실 웃음이 나고 재밌다. 잘하려고 안간힘을 쓸 이유도 없고 옆에서 눈을 부릅뜨고 끝까지 하라며 채찍질하는 사람도 없다. 이제야 체육활동이 재밌어진다.

그리고 체력측정 과정에서 그동안 몰랐던 사실 하나를 알게 되었는데… [두둥] 나의 주먹을 쥐는 힘, 즉, 악력이 꽤 쓸만하다는 것이다. 단어조차 어려운 상지근력이라는 그 힘이 어디에 활용되는 힘인지는 잘 모르겠다. 악력기를 쥐어주기 전 관장님은 "선규님은 왠지 높게 나올 것 같아요"라고 하셨고, 있는 힘껏 꽉 쥐어보라고 하셔서 나는 그냥 있는 힘껏 쥐었을 뿐인데, 악력기 화면의 숫자는 쭉쭉 올라가더니 지켜보는 수련생들이 "오오오오오" 했다. 기록을 찾아보니 악력만으로 치자면 남성 청년 정도였다. 더 나아가 두 번의 체력 측정 기간 동안 향상된 것도 '악력'이어서 급기야 체력증진왕 '악력' 부분 상장을 수상하는 영광을 얻었다. 어디서부터 잘못된 것일까. 타고난 핵주먹이 심리학을 만나 재능을 썩히고 있는 것일까.

예시예종, 국기에 대한 경례

모든 태권도장에는 태극기가 걸려 있다. 도장을 들어오거나 나갈 때 관장님을 비롯한 사범님들은 태극기를 향해 절도 있게 인사를 한다. 철저하게 몸에 밴 습관처럼 보인다. 그 모습을 보면 그들이 예를 갖추고 대하는 도장이라는 공간에서 무례하고 방만하게 몸과 마음가짐을 해서는 안 될 것 같다. 수련의 시작과 끝에도 국기에 대한 경례와 사범님께 인사가 있다. "예시예종"의 태권도답게 "예"로 시작해서 "예"로 끝맺는다는 말이다.

보통 수련생 중 제일 높은 유단자가 "전체

차렷!, 국기에 대한 경례!"를 외치면 전체 수련생은 태극기를 바라보고 오른손을 왼손 가슴팍에 살짝 터치했다가 내린다. 바로 이어서 "사범님께 경례"를 외치면 배꼽 주변에 양손을 가지런히 모으고 45도와 90도 사이 각도로 허리를 굽혀 인사한다. 지금까지 살면서 이렇게 자주 태극기를 바라본 적은 없었던 것 같다.

80년대 초등학생 시절 하절기는 오후 6시, 동절기는 오후 5시에 애국가와 함께 비장한 남성의 목소리로 '나는 자랑스러운 태극기 앞에...'가 울려 퍼지면 가던 길을 멈춰서야 했었다. 국기 하강식에 맞춰 온 국민이 나라 사랑을 강제로 다짐해야 했던 시절이었다. 그때 나는 나름의 방식으로 소심한 반항을 했었다. 가슴에 손을 올리지 않거나 몸을 흔들흔들 하면서 딴짓을 하는 것 같은 종류의 행동 말이다. 도대체 가던 길을 멈추고 애국가를 듣는 것이 애국심과 무슨 관계가 있는 것인지 납득할 수 없었다. 그때부터 시작된 국민의례에 대한 소심한 반항은 성인까지 이어졌다. 참석한 행사에서 "국민의례가 있겠습니다. 장내에 계신 내빈 여러분께서는 모두 자리에서 일어나 주시기 바랍니다"라고 하면 가장 천천히 마지막에 일어난다거나 국기에 대한 경례를 할 때는 가슴에 손을 올리지 않고 서서 자료집 같은 것을 뒤적이는 것 같은 방식으로 말이다.

지금은 일주일에 두서너 번은 국기를 응시한다. 물론 희박했던 애국심이 새삼스레 생겨서 마음에 태극기의 물결이 휘몰아치는 것은 아니다. 하지만 국기에 대한 경례를 하고 인사를 하는 몇 분의 간단한 의식은 내가 허리에 두른 띠의 색깔과 상관없이 함께 수련하는 동안 무도인으로서의 예를 다하겠다는 비장한 마음을 만들어준다. 그리고 수련 시작 바로 직전까지 일상의 번뇌로 복잡했던 마음에서 빠져나와 새로운 시공간으로 안내한다.

격하게 점핑하지 못하는 은밀한 이유

태권도는 상당히 격한 운동이다. 태권도의 기본 기술을 수행하기 위해 갖춰야 할 기초 체력의 기저선이 높다. 따라서 수련 시간의 상당 시간은 기초체력을 높이는 데 활용하고 도장에서는 수련생이 지루하지 않도록 다채로운 체력 훈련 프로그램을 운영한다. 훈련을 보조하는 도구와 기구가 이렇게 다양하다는 것도 처음 알았다. 그중에서 내가 가장 좋아하는 것은 편백나무로 만들었다는 긴 목봉이다. 편백나무란 무엇이냐. 뭔지는 모르겠지만 피톤치드라는 몸에 좋은 물질을 뿜뿜 뿜어내면서 향균, 살균 작용을 하며 몸과 마음을 편안하게 만드는 힐링 효과가 있는 신비의 나무 아닌가. 평균 성인의 키를 훌쩍 넘는 목봉을 이용해 스트레칭도 하고 마사지도 하고, 발차기와 지르기 연습도 하는 체력 훈련은 가장 땀이 덜 나는 체력 훈련으로서 내가 가장 선호하는 훈련이기도 하다. 수련 시작 인사를 마치고 사범님이 각종 체육 훈련 도구가 모여 있는 도라에몽 가방 같은 도구실에서 편백나무 목봉을 꺼내 오실 때, '아, 오늘은 좀 수월하게 시작하겠구나' 하는 생각에 흐뭇하다.

최악은 점핑이 포함된 체력 훈련이다. 애초에 고관절과 무릎이 좋지 않은 나는 과감한 점프를 포기하고 점프를 하는 시늉만 해서 미연에 방지하곤 하지만, 중년의 여성 수련생들이 요령 없이 점프를 했다간 예기치 못한 당혹스러운 순간을 맞이할 수도 있다. 두툼한 에어매트를 깔고 제대로 점프 훈련을 했을 때의 일이다. 바닥에 이부자리를 깔아 놓으면 괜히 신바람이 나서

찡고 까부는 아기들처럼 성인들도 똑같다. 에어매트가 도장에 깔리면 청춘들은 달착륙이라도 한 듯 겅중겅중 뛰어다닌다. 그러나 중년들은 발바닥에서부터 복부로 전해지는 그 감각에 예민해진다. 매트는 은근히 불편하다. 여기서 잘못 뛰었다간 나이를 직감하는 어떤 순간을 맞이할 것 같은 불길한 예감이 드는 것이다.

최근 디펜드 광고 모델로 오윤아 배우가 발탁됐다. 선우용녀 님과 윤유선 배우님의 광고를 본 적이 있었는데 그사이 광고 모델의 연령이 40대 초반으로 내려갔다. 임신 및 출산, 골반 부위 수술, 에스트로겐 농도 저하 등 골반 근육이 약화되면 복부 내 압력이 증가하면서 예기치 못한 실수를 하는 여성의 비율이 굉장히 많다는 의미다. 이는 중년 이상의 여성들이 복압을 증가시키는 다소 과격한 운동을 회피하는 이유가 되기도 한다.

하지만 우리 또래 중년의 여성 관장님은 모

든 것을 알고 계신다. 노골적으로 말씀하시진 않지만 이처럼 과격한 점프를 해야 할 때 닌자처럼 샤샤삭 다가와 청년과 다른 방식의 움직임을 제안하신다. 중년의 여성 수련 동지들은 함께 늙어가는 여성 관장님의 배려와 공감을 통해 '이 나이에 태권도가 과연 맞는 운동일까' 하는 회의를 거두고 다시 청년들 속으로 뛰어 들어갈 용기를 얻는다. 이것 말고도 태권도에서 할 수 있는 것은 무궁무진하니까.

맨발의 중년, 나의 맨발

"이렇다 할 빽도 비전도 지금 당장은 없고 젊은 것 빼면 시체지만 난 꿈이 있어. (어쩌구 저쩌구 중간 생략 중간 생략) 나 하지만 여기서 멈추진 않을 거야. 간다 와다다다다다다"

90년대 후반 메가히트송 남성 듀오 벅(Buck)의 노래 '맨발의 청춘'이다. 참 많이도 불렀었다. 청춘의 희망가이자 정신승리송이라고나 할까. 젊을 때는 맨발로 온종일 밖을 쏘다니다가 들어와도 특별히 발을 관리해야 할 필요가 없었다. 잘 닦기만 해도 충분했다.

어른들은 손, 발이 늙는 것을 감출 수 없다고 하지만 발은 남들이 모르게 충분히 감출 수 있다. 양말을 벗어야 할 때를 만들지만 않으면 말이다. 그러니 발이 늙어가는 것은 스스로 주의를 기울이지 않으면 알아채기가 어렵다.

몇 년 전 언니와 함께 꽤 거금을 들여 불필요하게 고급스러운 종합건강검진을 받은 적이 있었다. 대기 공간에서 지나다니는 중장년 여자들을 보며 언니는 "여기 있는 여자들은 어쩜 발뒤꿈치에 각질 있는 여자가 하나 없니? 다들 발이 보들보들해"라고 했다. 그때부터 맨발의 여자들을 보면 나도 모르게 발뒤꿈치를 보게 되는 괴이한 버릇이 생겼다.

지금보다 더 나이가 들어 노년이 된다면 발을 관리하는 일은 더 힘들어질 것이다. 눈도 잘 안 보이고, 발톱 깎기 같은 정교한 운동을 할 수 있는 손 움직임도 둔해진다. 설상가상 발뒤꿈치는 어지간한 유연성이 아니고서는 완전히 볼 수

조차 없어질 것이다. 따라서 누군가의 돌봄, 여기서의 돌봄은 발을 보여줄 정도의 친밀한 관계가 있는지 여부, 혹은 대가를 지불하고 발 관리를 맡길 수 있는 경제적 여유가 있는 노인만이 건강한 발을 가질 수 있다.

도장에서 우리는 노골적인 맨발의 중년이다. 일상에서 맨발을 쳐다보고 만지고 발의 움직임을 관찰할 일은 거의 없다. 여름 한철 맨발로 샌들을 신어야 할 때 어쩔 수 없이 네일숍에서 단조로운 색깔로 페디큐어를 받긴 하지만 관리사가 다 해놓은 색깔을 확인할 뿐 발의 움직임을 자세히 보는 일은 없다.

태권도 수련을 할 때 액세서리 착용뿐 아니라 가급적 손톱과 발톱에 컬러네일을 하지 않도록 권고받지만 썰렁한 맨발을 내보이는 것이 마치 코로나 상황에 혼자 마스크를 안 쓰고 있는 듯 어색하고 불편해 페디큐어를 받곤 했다. 발톱에 덧칠한 색깔은 늙어가는 발로부터 약간의 주의분산을 시킬 수 있었지만 그것만으로 해결되지 않는 다른 문제가 있었다. 치덕치덕 수분크림을 바르고 갔는데도 수련 시간이 절반 정도 흐르면 발이 건조해지면서 허옇게 각질이 일어나는 것이었다.

딸아이가 어릴 때 손녀를 잠시 봐주러 왔던 엄마는 아이의 손발을 어루만지면서 "이렇게 촉촉하고 부드러웠던 피부가 늙으면서 수분기가 쭈우우욱 빠져 쭈글쭈글해진다. 엄마 손은 이제 가죽밖에 없어"라며 당신의 손을 버석버석 문질렀던 적이 있다. 식물, 동물도 모두 마찬가지다. 세상에 나온 지 얼마 되지 않은 것들은 탱글탱글 물기를 머금고 저절로 눈이 갈 수밖에 없는 선명한 색깔을 가지고 있다. 늙는다는 것은 몸도 마음도 메말라가는 것이고 누구의 눈길도 사로잡지 못한다. 그래서 더 특별한 관심과 돌봄이 필요하다.

도장에서 수련을 하다 보면 다른 사람의 발

바닥을 코앞에서 볼 수밖에 없다. 짝을 지어 체력 훈련을 할 때는 파트너가 내 발을 직접 잡기도 하고, 발차기 자세를 교정해주시는 사범님이 내 발을 만질 때도 있다. 그때마다 왜 이렇게 신경이 쓰이는지 모르겠다. 청년의 발은 혈색 좋아 보이는 피부톤에 각질 없이 촉촉해 보인다. 그냥 어린 발이다. 중년의 발은 그렇지 않다. 주의를 기울여 관리하지 않으면 다른 수련생 얼굴에 불쾌감을 불러일으킬 수 있는 상태의 맨발을 들이미는 불상사가 생길 수도 있다. 당연하다. 그들보다 십수 년을, 더 무거운 주인의 몸을 지탱하고 버티며 혹사당한 발이니까.

흰 띠에서 노란 띠로 승급할 때 즈음부터 발톱에 더 이상 색깔을 칠하지 않았다. 대신 발을 잘 돌본다. 예쁜 발이 아니라 건강하고 강한 발을 만들고 싶어서 돌본다. 더 높이 더 다양한 방법의 발차기를 할 수 있는 발을 만들어야 한다. 그러다 보면 더 나이가 들어서도 허리를 휙 돌려 발뒤꿈치를 내 눈으로 보고 손을 떨지 않고 발톱을 깎을 수 있을 것이다.

사람들은 심리학자인 나에게 태권도 수련을 시작해서 가장 크게 달라진 점이 무엇이냐고 물어본다. 물어본 이는 거창하게 태권도의 심리학적 의미 같은 것을 기대할지도 모르겠지만 실질적으로 일어난 가장 큰 변화는 '나의 맨발'에 대한 존중이다. 태권도라는 무예의 심리학적 고찰 같은 것은 수련이 깊어지고 넓어진 후에 말하고 싶다. 이제 겨우 빗자루를 잡고 마당을 쓰는 사람일 뿐이니까. 이렇게 말하고 보니 진정한 태권도인이 된 것 같기도 하다. 겸손과 겸양의 덕성을 갖춘 태권도인.

수련할 때 튀어나오는 원숭이 마음

국기에 대한 경례와 사범님께 인사를 마치면 도장에 앉아 5분 이내의 짧은 명상을 한다. 좌선하고 눈을 감으면 관장님은 복식호흡을 안내하고 보조 사범님은 재빠르게 뒤로 달려가 국악명상음악을 튼다. 구슬픈 악기 소리는 아마도 대금인 것 같다. 그 짧은 시간도 호흡에 집중하지 못하고 내내 딴생각을 한다. 저 소리가 대금인가, 무슨 악기지? 그랬다가 갑자기 도포자락 휘날리며 절벽에서 대금을 불고 있는 선비를 그렸다가, '저런 음악이 〈전설의 고향〉에 자주 나왔었는데' 하는 생각이 들었다가 '내 다리 내놔,

내 다리 내놔' 했던 〈전설의 고향〉의 에피소드를 떠올렸다가 '그때의 이광기 배우가 지금 갤러리를 하고 있지'까지. 몸은 여기 있지만 생각은 과거와 현재를 널뛰기하며 분주하게 움직이고 있다.

마음챙김(mindfulness)에 대한 강의를 들을 때 '원숭이 마음'에 대해 배웠다. 머릿속에서 한시도 쉬지 않고 많은 생각들을 만들어내고 이 일로 저 일로 분주하게 움직이게 만드는 마음, 고요하게 멈춰 있으면 불안해 폭주하는 마음을 원숭이 마음이라고 한다. 특별히 애쓰지 않으면 나는 대부분의 시간을 원숭이 마음으로 살고 있다. 머릿속에서 분주하게 만드는 생각이란 주로 과거 했던 일에 대한 반추이거나 미래에 일어날 일에 대한 걱정과 계획이다. 널뛰듯 현재와 미래로 타임 루프하는 생각을 하면서 지금 현재 하고 있는 일들에는 무심결로 참여한다.

수많은 연구자가 몸과 마음에서 '지금 무슨

일이 벌어지고 있는가?'에 집중하는 것, 매 순간 알아차림의 연습을 통해 마음챙김을 하는 것이 우리의 신체와 마음 건강에 얼마나 중요한지 설파한다. 마음챙김은 주의를 기울여, 지금 이 순간의 경험을 수용하도록 하고 몸은 여기 있지만 현재를 떠난 마음이 과거를 반추하거나 미래를 걱정하고 있다는 사실을 알아차리고 지금 여기로 다시 가져오도록 훈련한다. 마음챙김은 호흡에 집중하는 것으로 시작한다. 천천히 들숨과 날숨을 반복하는 것은 내 몸이 여기 있다는 사실을 자각하게 하는 첫 단계다. 그 밖에 다른 훈련 방법으로 '건포도 마음챙김', '바디스캔' 같은 것들을 활용하기도 한다. 건포도 마음챙김은 건포도 한두 알을 받아 들고 건포도에 대한 이전의 기억과 개념을 내려놓고 마치 처음 보는 물건을 대하듯 시각, 후각, 촉각, 미각으로 '그것'을 느끼는 것이다. 심지어 귀로 가져가 소리를 들어보기도 한다. 원숭이 마음 상태였던 나는

'건포도 마음챙김'을 할 때 '도대체 이 우스꽝스러운 짓을 왜 해야 하는지 내내 불편했다. 건포도 마음챙김이 끝나고 지도 선생님은 돌아가면서 그것에 대해 감각한 것들을 이야기하도록 청했다. 다른 학생들의 대답을 대충 섞어서 그럴싸한 대답을 내어놓고 차례를 넘겼다.

바디스캔은 지도 선생님이 지시하는 몸의 부위를 따라가며 신체감각을 의식적으로 스캔하는 훈련이다. 몸 밖으로 쏠려 있었던 시선을 몸 안으로 돌려놓으며 몸 자체에 대한 친절한 관심을 보이는 것이 핵심이다. 이 모든 과정이 지루하고 불편해서 나는 마음챙김을 활용하는 심리치료는 할 수 없겠구나 판단했다. 그때 나는 단 한 순간도 지금 하고 있는 일에 주의를 기울이지 못하고 훈련 그 자체와 훈련하고 있는 나와 사람들을 습관적으로 끊임없이 평가했었다. 이처럼 나는 몸의 감각을 등한시하고 언제나 생각에 집중하는 사람이었고 생각이 마음을 지배한다고 믿었다. 몸이 말하는 무언의 소리를 듣는 것이 더 깊은 자기와 만나는 것임을 내가 직접 체험하고 어렴풋이 깨닫게 된 것은 최근이다.

태권도 수련을 하며 신체감각에 완전히 주의를 기울이는 것이 무엇인지 조금씩 깨달았다. 눈을 감고 가만히 앉아 호흡만 할 때는 그렇게 어려웠던 것을 낯선 동작을 배우고 시도하면서는 조금씩 가능해졌다. 안 쓰던 근육과 관절들을 작동시키니 몸이 보내는 소리를 들을 수 있었다. 태권도 수련을 하는 동안에는 난리법석을 피우던 마음속 원숭이가 잠잠해지는 것을 느낀다. 물론 수련 중간 중간 몇 마리의 원숭이가 튀어나올 때도 있다. 범접할 수 없는 각도로 발차기를 하는 유단자들을 볼 때, 겨루기에서 이기고야 말겠다는 생각으로 눈에 불이 켜질 때, 거울 속 내 모습이 우스꽝스러워 보일 때, 가르쳐준 품새 동작을 정확히 해내지 못하는 나를 탓할 때. 그럴 때 판단과 평가를 장착한 원숭이들이 튀어나와 주의를 흩트린다. 그러다가 다시 공간을 가로지르며 뻗어내지른 팔과 다리의 움직임을 따라갈 때, 타격의 쾌감을 느낄 때, 품새 동작을 마무리하는 마침표 기합 소리를 낼 때 원숭이는 모습을 감춘다.

5장

중년의 태권도 친구들을 소개합니다

You are not alone

저녁 수련 시간에 가끔 만나는 40대 이상의 수련생이 몇 분 더 있다. 매번 같은 시간에 수련을 하는 것도 아니고 따로 친목을 도모하지도 않는다. 통성명을 하지도 않았고 몇 년생이냐 묻지 않으니 정확한 나이는 알 수 없었다. 똑같이 도복을 입고 있고, 마스크까지 쓰고 있으니 더욱 나이를 가늠하기 힘들다. 그러나 미처 커버하지 못한 흰머리를 볼 때 대략 청춘은 아닐 것이라 짐작할 뿐이었다. 우리 70년대생들은 같은 시간에 모두 모일 때도 있지만 시간이 맞지 않으면 나 혼자 외로이 팔팔한 청춘들과 수련을 한다. 확실한 것은 또래가 있을 때 왠지 모르게 뒷배가 있는 듯 든든한 마음이 든다는 것이다.

본격적인 태권도 수련에 앞서, 체력 훈련 시간에는 대부분 심장이 터지고 땀을 쭉 빼는 고강도의 운동을 한다. 고만고만한 체력의 40대들은 체력 훈련 동안 다음과 같은 사범님의 따뜻한 경로우대 메시지를 듣는다. "자! 40대분들은 너무 무리하지 마시고 적당히 하세요", "자! 40대분들은 너무 힘들면 천천히 걸으셔도 괜찮습니다", "자! 숨 쉬세요, 숨 쉬세요", "아자아자 40대 화이팅!" 수련에 참여한 40대들이 많으면 이 메시지는 좀 더 오피셜하게 전달되는 경향이 있다. 무지막지하게 전력 질주하는 20대, 30대 무리에서 떨어져 나 홀로 쓸쓸히 정수기 통을 붙잡고 물을 벌컥벌컥 들이키거나 신선한 공기를 찾아 창문으로 달려가 심호흡하는 것보다 나만큼 힘들어하는 또래를 보며 "너무 힘들죠?, 에구구 난 못해요"라며 함께 포기할 수 있을 때 덜 외롭다. 마이클 잭슨의 노래 "You are not alone. For I am here with you"가 절로 떠오르는 순간이다.

물론 40대라고 다 같은 40대가 아니다. 유단자도 있고 유급자도 있다. 나는 5명의 40대 중 급수로 따지자면 대략 네 번째 정도의 수준이다. 태권도 수련에 한창 재미가 들려 주변에 얘기하고 다닐 때 어떤 분이 알쏭달쏭한 미소를 띠면서 "하얀 띠일 때가 제일 재밌는 법이지요"라고 했다.

태권도에 대해 글쓰기를 시작하면서 가끔 그 분의 말씀이 생각났다. SNS에 떠도는 말처럼, "책을 읽지 않은 사람보다 책을 한 권 읽은 사람이 위험하다"거나 "선무당이 사람 잡는다"라는 속담도 글을 쓰는 내내 떠올랐다. 태권도에 대해 쥐뿔도 모르는 초보 수련자의 경험을 너무 일반화하는 것은 아닐까. 오랫동안 수련해온 태권도인에게 오히려 폐가 되는 것은 아닐까? 그래서 도장의 40대 수련 동지들에게 그들의 경험을 묻는 도움을 청하기로 했다. 한 명보다는 여러 명의 경험이 조금 더 나을 테니 말이다.

수련을 시작할 때는 가벼운 목례와 눈인사를 하고, 수련이 끝나면 대화를 나눌 기운이 거의 남아 있지 않아 황급히 도장을 나서기에 급급했다. 그러나 이번을 계기로 처음으로 조금 긴 대화를 나눌 수 있었다. 아직 태권도는 중년이 선뜻 쉽게 택할 수 있는 운동은 아니다. 태권도를 한다고 했을 때 주변 사람들이 나에게 보였던 반응처럼 나도 다른 사람들의 계기가 늘 궁금하긴 했었다. 저들은 왜 태권도를 시작했을까? 골프도 필라테스도 요가도 아닌 왜 태권도일까.

글쓰기를 핑계 삼아 질문을 던져보기로 했다. 어떻게 태권도를 시작하게 되었나요? 여러분이 느낀 태권도의 재미는 무엇인가요? 왜 다른 운동이 아닌 태권도인가요? 수련을 하면서 어떤 변화를 느꼈나요? 다음은 그들의 이야기다. 태권도인의 의리로 기꺼이 자신의 경험을 나눠준 그들에게 지면을 빌려 감사의 인사를 전한다. 그녀들의 이름을 영어 닉네임으로 표시했다. '브루스 리' 같은 느낌으로. 철근도 씹어 부러뜨릴 수 있는 무예인 같지 않은가?

• 에이미 전, 43세

40대 중에서 유일한 유단자인 에이미는 2020년 수련을 시작해서 지금은 2단이다. 일반인을 대상으로 한 태권도 대회에 2회 참가하여 수상한 이력이 있고, 성인 수련인 중에서 태권도에 가장 진심이고 진지하다.

에이미는 체구가 작고 밝고 몸놀림이 아주 가볍다. 에이미 곁에 내가 서 있으면 다람쥐 곁에 있는 코끼리같이 보이기 때문에 가급적 그녀와 나란히 서 있지 않으려고 한다. 다행히 그녀와 나 사이에는 대략 다섯급 정도의 실력차가 있으므로 체력 훈련 외에 함께 수련을 할 기회는 별로 없다.

도장에서 가장 자주 마주치는 사람이 에이미인데 일주일에 꼬박 3회는 거르지 않고 훈련량을 채우는 것 같고 여건만 된다면 매일이라도 올 것처럼 보인다. 에이미는 도장에서 언제나 웃는다. 도착했을 때도 웃고 힘들어도 웃고, 간혹 발차기 실수가 있어 넘어져도 웃는다. 누구보다 자연스럽게 기합 소리를 내지만 상대방을 압도하는 위세있는 기합 소리라기보다는 '저 이제 들어갑니다. 비키세요. 조심하세요' 하는 소리처럼 들린다. 마스크 위로 보이는 생글생글 반달 눈웃음은 보는 사람을 기분 좋게 만든다.

처음 수련을 시작할 때도, 첫 승급 심사를 마쳤을 때도 언제나 에이미의 격려가 있었다. 에이미는 함께 수련을 할 때 다른 사람에게 가장 많이 박수 치고 듬뿍 칭찬하는 사람이다. 에이미가 나에게 한 칭찬은 대략 이렇다. "우와. 처음인데 정말 잘하시네요", "운동하셨던 분이에요?", "제가 선규님 띠였을 때는 그렇게 못했어요", "운동에 소질 있어요. 타고났어요", "와, 체육 전공해도 괜찮으실 것 같아요". 평가와 비판에 익숙한 나는 에이미의 칭찬이 언제나 어색해 "아… 네… 뭘요"라고 하거나 "(웃으며) 왜 이러세요"라고 손사레를 치지만 은은하게 기분이 좋아지는 것도 사실이다.

에이미가 가장 놀라웠던 것은 수련 두 타임을 연속으로 뛸 때다. 태권도 수련에 중독인가 싶기도 했고, 태권도를 업으로 삼아 뭔가를 준비하는 사람인가 하는 생각도 했었다. 풍문으로 듣기에는 태권도 사범을 목표로 한다고도 하니 무엇보다 에이미의 이야기가 가장 궁금했다.

• 미셸 리, 49세

2019년부터 태권도 수련을 시작한 미쉘은 유급자 중에서는 가장 높은 빨간 띠이다. 미쉘은 20대와 10대 중반 두 딸과 함께 수련을 하는

데 두 딸 모두 상당한 수준의 태권도 실력으로 우리 도장의 에이스 중에 에이스다. 한 번은 미셸의 큰 딸과 발차기 훈련을 한 적이 있는데 아무 생각 없이 미트를 들고 발차기를 받아내는 순간 손목이 돌아가고 몸이 휘청거려서 식겁한 적이 있다. 압도적인 실력의 두 딸을 지켜보는 미셸의 표정은 뿌듯하고 행복해 보였다. 미셸 가족을 보면서 언젠가 나도 딸과 함께 태권도 수련을 해보고 싶다고 야무진 꿈을 꿔보지만 사춘기 딸은 과거의 나처럼 소파와 침대에서 엉덩이 떼는 것을 좋아하지 않는다.

함께 수련을 할 때 미셸이 있으면 자연스럽게 힘과 속도조절을 할 수 있게 된다. 너무 힘들어서 마음속으로 사범님이 시킨 횟수를 다 못 채우겠다 싶어 주변을 둘러보면 미셸이 먼저 쉬고 있거나 이건 좀 무리겠다 싶은 체력 훈련을 할 때면 내 마음을 읽은 듯 미셸도 경로우대 찬스를 쓰고 있다. 수련 중간에 요모조모로 말을 많이 하는 사람도 미셸이다. 때로는 수련생이 함께 느끼고 있을 도장의 공기와 온도의 불편함에 대표로 먼저 말하거나 수련 중간 중간 힘들면 힘들다고, 못하면 못한다고 주장적으로 먼저 말하는 사람도 미셸이다.

• 비비 신, 48세

비비는 나를 태권도 수련의 길로 이끈 친구이다. 2021년부터 수련을 시작했고 지금은 파란띠다. 과연 내가 태권도라는 과격한 운동을 할 수 있을까 반신반의하며 참관하러 갔을 때 비비의 모습을 보고 용기를 얻었다. 비비에게는 미안한 이야기지만 최소한 비비만큼은 할 자신이 있었다.

비비의 태권도 동작은 예쁘다. 비비의 언행처럼 말이다. 온 힘을 다해 주먹을 내지르고, 발차기가 제대로 맞지 않았을 때 화난 코뿔소 마냥 씩씩거리는 나와는 다르다. 동작 하나하나

신중하게 생각하며 움직임을 하고 있다는 것을 그녀의 표정을 보면 알 수 있다. 두 번의 승급 심사를 기대만큼 해내지 못해 비비에게 투덜거렸을 때 비비는 "취미로 하는 거잖아. 즐기자. 가볍게"라고 했다. 수련을 하다가 다시 파워 게이지가 쫙쫙 올라가 오버 페이스를 하기 직전에 비비의 말을 떠올리곤 한다. 즐기자. 가볍게.

• 에스텔라 리, 58세

도장에 가장 나이 많은 사람이 40대 후반 그룹이었는데 그보다는 조금 더 연배가 있어 뵈는 분이 흰 띠를 매고 두둥! 등장했다. 요일이 달라 자주 만나지는 못하지만 가끔 만날 때마다 일취월장하는 실력을 보여줬다. 에스텔라는 나보다 6개월 늦게 수련을 시작했지만 내가 부상을 입고 중간에 몇 주를 내리 쉬는 바람에 이제는 나와 같은 띠가 되었다. 예정대로라면 나는 지금쯤 녹색이나 파란 띠를 매고 있어야 한다.

수련생 공통의 체력 훈련이 끝나면 초급자들끼리 모여 따로 훈련을 하기 때문에 에스텔라와 몇 번 훈련을 함께 한 적이 있다. 품새나 발차기 동작을 사범님을 따라 몇 번을 함께 한 후 사범님은 "이제 각자 다섯 번씩 연습해보세요"라고 할 때가 있다. 사범님과 함께 할 때는 열심히 하지만 개인 훈련을 하라고 하면 슬쩍 농땡이를 피우는 나와 달리 에스텔라는 끝까지 최선을 다해 연습한다. 개인 훈련을 할 시간 즈음이면 이미 체력의 80%는 방전된 후이기도 하고 수련 종료 시간을 10분 정도 남겨둔 때이기 때문에 나의 몸과 마음은 이미 수련을 마치고 집으로 향할 준비를 한다. 하지만 에스텔라는 그날 진도를 나간 동작을 정확하게 하기 위해 사범님이 말한 횟수 그 이상을 연습하는데, 마치 시험시간 종이 울릴 때까지 검토하고 또 검토하는 모범생 친구를 보는 느낌이다. 아는 것만 후다닥 다 풀고 엎드려 퍼져 자는 나와는 다른 결의 사람임이 분명하다. 개인 훈련을 하다가도 동작에 대해 궁금한 점이 있으면 사범님께 자주 질문을 한다. "사범님, 저 좀 봐주세요. 이렇게 하는 게 맞나요?" 발과 주먹의 각도와 위치까지 할 수 있는 한 최대한 제대로 정확하게 하고자 하는 마음이 느껴졌다. 성실한 분임에 틀림이 없다.

태권도를 어떻게 시작하게 되었나요?

“처음 태권도라는 운동을 접한 것은 딸아이가 어린이집을 다닐 때였어요. 제가 일을 하다 보니 어린이집 하원 후에 아이들 보낼 곳이 필요했거든요. 때마침 주변에서 태권도장을 보내면 애들 운동도 시켜주고 보육도 해주고 ‘시간 때우기 딱!’이라고 권해서 도장에 보냈어요. 그때는 그냥 태권도복 입은 모습이 엄청 귀엽고 엉성하게 발차기 하는 것도 귀엽고 그 모습을 부모로서 즐겼지, 제가 태권도를 배운다는 생각은 한 번도 안 했어요. 지금도 그렇지만 태권도는 애들이 하는 생활체육 같은 인식이 많잖아요.

저는 어렸을 때부터 몸이 무척 허약해서 부모님께 걱정을 많이 끼쳤어요. 체력도 약하고 체구도 작고. 그래서 운동을 뭘 해볼 생각은 엄두도 내지 못했어요. 정말 학교 오가는 것도 힘들었었거든요. 나는 운동을 못하는 사람, 나는 운동을 해서는 안 되는 사람이라고 제 자신을 규정지었던 것 같아요. 실제 학교 교과로서의 체육을 정말 못했고요. 그래도 어떤 운동을 다시 좀 해볼까 하던 참이었는데 주변 사람들은 모두 필레테스나 요가를 권하더라고요. 그런데 그렇게 끌리지는 않았어요. 막연하게 태권도나 해볼까 생각했지만 적극적으로 알아보거나 하지는 않았는데 오히려 직장 동료가 근처 성인 태권도 수련이 가능한 도장을 막 검색해서 알려주었어요. 처음에는 아이와 2 대 1 개인 수련으로 시작했어요. 제가 낯을 많이 가려서 막 사람들이랑 어울려서 운동하는 걸 별로 좋아하지 않거든요. 일단 시작을 했으니 성격대로 목표를 정해놓고 수련을 했어요. 일주일에 몇 번을 가자, 1년 안에 어느 정도까지 하자, 이렇게요."

(에이미 전)

"미국에서 18년 넘게 살다가 3년 전에 귀국했어요. 미국에서는 예체능 교육을 어렸을 때부터 많이 시키고 운동은 그냥 당연히 해야 하는, 뭐 그런 분위기잖아요. 미국에서 태권도는 '특별한 운동'이거든요. 태권도장이 한국처럼 흔한 것도 아니고 태권도라는 무예에 대해 특별한 관심이 있는 성인들이 일부러 찾아하는 운동이잖아요. 그래서 딸아이들한테 태권도를 시키고 싶었는데 집 근처에 가까이 없으니 멀리 라이드를 해줘야 하고 번거로운 점이 한두 개가 아니었어요. 한국에 와 보니 정말 동네마다 태권도장이 있잖아요. 태권도는 정말 접근성 하나는 최고로 좋은 운동이에요. 그래서 얼른 도장에 딸아이 둘을 보냈죠. 가끔 아이들이 도장에서 운동하는 것을 지켜보다가 나도 한번 같이 해보면 어떨까 하는 생각에 시작하게 됐어요. 큰 애가 고등학생, 둘째가 초등학교 4학년이었네요. 태권도를 꼭 배우고 싶고 그런 건 별로 없었어요. 뭔가 운동을 해야 한다는 생각은 계속 있었는데 학업과 일 때문에 운동을 못한 지가 10년이 넘었었거든요. 애들하고 함께 시간을 보낼 겸, 운동도 할 겸 그렇게 시작한 거였어요."

(미셸 리)

"명상훈련을 학문적으로 공부하기도 하고 가르치기도 해요. 명상의 시작이자 기본은 호흡이잖아요. 호흡을 한다는 것은 결국 내 몸에 집중하고 신체 감각에 대한 자각을 높이는 활동이거든요. 오래 명상을 해오면서 좀 더 다른 방식으로 몸에 대한 마음챙김을 하고 싶었어요. 그것이 즐거우면 더 좋겠고요. 그러던 중 막연하게 태권도를 해볼까 하는 생각이 들었는데 남편이 국기원 영상을 보여줬어요. 와! 엄청 멋있더라고요. 그리고 저 대신 적극적으로 수련을 할 만한 도장을 막 검색하더라고요. 남편이 그렇게 나서지 않았다면 아마 생각만 하고 시작은 못했을 수도 있었을 것 같아요. 그런데 대신 도장도 찾아주고 체험 수련도 같이 가주니까 고민을 길게 하지 않고 태권도 수련에 뛰어들 수 있었던 것 같아요."

(비비 신)

"저는 주로 미국에서 생활하고 일하고 한국에는 휴가 때만 잠깐 나왔다가 들어가는 사람이에요. 최근에는 펜데믹으로 재택근무가 가능해지면서 한 30여 년만에 이렇게 길게 체류하게 됐죠. 한국 사람이지만 한국에 재적응해야 하면서 뭔가 답답하고 스트레스도 늘어났어요. 뭔가 돌파구를 찾고 싶다는 생각은 했지만 뭘 어떻게 해야 할지 주저하고 있던 상황이었죠. 그러던 중 아들도 한국에 오면서 아들을 위해서 태권도장을 알아봤어요. 미국에서 한글학교가 끝나고 나면 태권도를 가르쳐줬었거든요. 한국에 온 김에 제대로 태권도를 다시 이어 배우면 좋겠다 생각해서 제가 아들 대신 집 근처 태권도장을 알아보고 제가 직접 방문했죠. 제가 저녁 늦은 시간에 갔는데 마침 직장 여성들이 단체 수련을 하고 있었어요. 그걸 지켜보는데 뭔가 '꽝' 마음에 닿는 느낌이었어요. 활기차고 다이내믹하고 그런 수련 분위기가 매력적이어서 그냥 내가 시작해야겠다고 결심했죠. 정작 아들은 아무 관심도 없었고요. 수련을 등록했을 때 아무래도 제 나이가 있어서 그런지 저보다도 저를 보는 사람들이 뭔가 어색해하고 부담스러워하는 것 같아요. 미국에서는 나이를 별로 신경 쓰지 않고 살았기도 했고 태권도라는 운동이 미국에서는 할머니 할아버지도 하는 수련이라 저는 제가 태권도를 시작한다는 게 내 나이를 고려해서 대단한 결심이라고 생각하지는 않았거든요."

(에스텔라 리)

우리 중년 태권도 수련 동지 여성들은 어렸을 때 태권도를 배운 경험이 없다. 20~30대 수련자들이 유치원이나 초등학교 때 생활체육으로 잠시 태권도를 배웠던 경험이 있어 성인이 되어 다시 도장을 찾는 경로와는 조금 다르다. 그도 그럴 것이 70년 이전 세대들은 학교 운동장에서 혹은 동네 놀이터에서 친구들과 뛰어노는 것이 전부였지 체육특기자로 전공을 하지 않는 이상 운동을 따로 배웠던 세대는 아니다. 문자 그대로의 생활체육 그 자체였다. 나를 제외한 네 명 모두 아이들에게 태권도를 배우게 했던 학부모로서 태권도를 처음 접했다. 애들을 도장에 보내면서도 학부모에게 '나도 해볼까?' 하는 마음이 들게 하지 않는 것이 우리나라 태권도의 현실인 것 같다. 가까이에 정말 많은 태권도장이 있지만 성인을 대상으로 수련을 하는 곳이 드물고 성인 여성이 갈 만한 도장은 더더욱 찾기 힘들다. 모두 동의하는 것이 우리 도장의 관장님과 사범님이 여자가 아니었다면, 수련하는 성인들이 대부분 여성이 아니었다면 태권도 수련을 이어가기 힘들었을 것이라 입을 모았다. 나도 동의한다. 처음 해보는 낯선 움직임을 할 때 다른 사람에게 어떻게 보일까에 대한 긴장과 두려움은 동성끼리 있을 때 훨씬 줄어든다. 격렬한 움직임으로 도복이 흐트러질 때도 서둘러 수습할 필요가 없다는 것도 장점이다. 온전히 내 움직임에 집중할 수 있고 그래서 자유롭다. 내가 수련을 시작할 때만 해도 한 명, 많으면 두 명 정도 성인 남성들이 수련에 참여했었던 기억이 있는데 지금은 모두 사라졌다. 그래서 지금은 아마조네스 왕국 같은 느낌이 든다.

태권도를 배우면서 포기하고 싶거나 힘들었던 순간이 있었나요?

"태권도 수련을 시작하고 첫 4개월까지는 좀 힘들었어요. 운동을 계속하던 사람이 아니고 나이도 있고 하니까 처음에는 허리도 아프고 다리도 아프고. 그때 그만둘까 말까 고민을 많이 했었어요. 몸이 아픈 것도 아픈 건데 아시겠지만 품새 수련이라는 게 완전 새로운 동작들을 암기해야 하는 거잖아요. 직업상 머리를 진짜 많이 써야 하는데 내가 운동을 와서도 이렇게 머리를 쓰고 기억하고 해야 하나 하는 생각이 들면서 힘들었어요. 몸 쓰러 와서 머리를 쓰는 느낌이랄까? 요가 수련은 선생님 보고 따라

하고 몇 가지 동작을 익혀 반복하는 느낌이라면 품새는 1장 안에서도 마치 무용 안무 동작 외우듯이 몸에 익혀야 하니까 그게 좀 부담이었죠.

그래서 초반에는 그만둘까 말까 고민도 좀 했었어요. 그런데 그렇게 쉽게 포기하기가 그런 게 아이들한테는 계속 태권도 수련을 하라고 했던 상황이었거든요. 저는 딸아이들이 자기 몸을 보호할 수 있는 강한 사람이 되길 원해서 시켰던 것이고 태권도를 실제 내 몸을 보호할 정도로 활용하려면, 상대방의 공격에 무의식적으로 손발이 나갈 수 있을 정도로 하려면 아주 오래 수련을 해야 하겠더라고요. 그렇게 강조했는데 꼴랑 몇 개월하고 '엄마는 못 하겠다' 그럴 수는 없었어요."

(미셸 리)

"저는 워낙 성격이 목표를 정하고 목표를 달성하기 위해 끝까지 달려가는 편이라 중간에 그만두고 포기하는 것은 생각해본 적이 없어요. 그게 오히려 태권도 수련 초반에 저를 힘들게 했던 점이기도 해요. 열심히 하는데 실력이 쭉쭉 향상되지 않는 느낌이 들 때, 특히 품새 동작은 수련을 할수록 점점 어려워지잖아요. 완성도 있게 멋지게 품새 동작을 하고 싶은데 거울에 비친 제 모습은 그렇지 않거든요. 그럴 때 조금 힘들긴 했어요."

(에이미 전)

"다른 운동도 마찬가지겠지만 태권도도 은근히 머리를 많이 써야 하는 운동인 것 같아요. 연구실에서 종일 책을 보다가 도장에 와서 몸을 쓰면서 뭔가를 시원하게 발산하려고 했는데, 의외의 복병, 품새 동작 암기가 있었던 거죠. 단체 수련 특성상 개인 한 명 한 명을 사범님이 꼼꼼히 봐주시기 어렵고 학교 수업처럼 정해진 진도가 딱딱 있는 게 아니잖아요. 매일 하는 것도 아니고요. 그래서 집에서 유튜브를 보면서 복습하고 연습하고 그랬어요(호호)."

(비비 신)

명확해졌다. 성인 태권도 수련생이 태권도 수련을 처음 시작할 때 첫 번째 맞는 난관은 '품새' 수련이다. 한 시간 수련 동안 품새 수련에 할당된 시간은 많지 않고 그에 비해 몸에 익지 않은 동작을 완성하고 순서까지 외워야 하는 일은 초보자로서 상당히 부담스러운 일이긴 하다. 제대로 된 품새 동작은커녕 처음 몇 달은 춤을 추듯 팔다리를 허우적거리면서 오직 '순서만이라도 틀리지 말자'에 집중할 수밖에 없다. 지금도 그렇지만 태극 1장, 태극 2장, 태극 3장 등 새로운 품새 동작에 들어갈 때마다 유튜브에서 승급 심사를 위해 전국의 여러 태권도장에서 업로드 해놓은 품새 동작 학습용 영상을 찾아본다. 그렇게 3개월만 해보면 그다음부터 아주 희미하게 품새 동작의 원리를 파악할 수 있게 된다. '이 방향으로 갔으면 저 방향으로 가야 하고 이 동작을 했으니 저 동작을 해야겠구나' 하는 그런 '감' 말이다. 그렇게 되면 순서 암기는 조금 수월해지고 동작 하나하나의 완성도를 높이는 데 힘을 쓸 수 있다. 미리 말해둔다. 초보자에게 품새 수련이 가장 어렵다. 만일 태권도 수련을 시작하고 품새 수련 때문에 그만두고 싶은 생각이 든다면 당신은 지극히 자연스러운 과정을 겪는 것이다. 중년의 우리 모두가 그랬던 것처럼. 눈 딱 감고 3개월만 버텨보자. 그다음부터는 품새 수련의 매력에 흠뻑 빠지게 될 테니.

태권도 수련을 하는 동안 느꼈던 몸과 마음의 변화는 무엇인가요?

"수련을 한 1년 하니 복근이 만져지는 엄청난 신체변화가 생겼어요. 처음에는 그게 복근인 줄도 몰랐어요. 뭐가 딱딱하게 만져져서 무슨 병인가 생각했다니까요. 그런데 그게 복근이었어요. '와! 내 몸에도 근육이 생길 수 있구나' 신기하기도 하고 허약한 저질체력에서 강철체력으로 나도 강해질 수 있구나 하는 기대가 생겼어요. 그러면서 점점 태권도 수련이 재밌어졌죠.

심리적으로는 제가 특별한 일이 없어도 스스로 만들어서 스트레스를 받는 편이랄까. 성취지향적이기도 하고 일로서 존재를 인정받는 것이 중요한 사람이에요. 그러다 보니 종종 번아웃이 오기도 하죠. 그런데 태권도장에 가면 완전히 다른 내가 되는 느낌이 들어 참 좋아요. 도장에 들어가면 사범님들이 활기차고 큰 목소리로 '안녕하세요!' 하고 맞아주시잖아요. 내가 뭘 안 해도 그 자체로 환영받는 느낌이랄까. 그러면서 직장에서와는 다른 내가 툭 튀어나와 밝고 명랑해지죠. 열심히 수련하고 나면 희한한 행복감을 느껴요. 나라는 사람이 일이 아니라 운동에도 행복감을 느낄 수 있는 사람이구나를 알게 된 것이 좋아요. 그래서 일이 힘들 때마다 태권도에 더 매달렸던 것 같기도 해요. 그런 의미에서 태권도장은 나의 심리적 피난처랄까, 해방구랄까 그런 것 같기도 해요."

(에이미 전)

"1년을 꾸준히 하다 보니 품새 동작이라는 것이 어떤 원리로 진행되는지를 알게 되었어요.

그리고 신체적으로도 체감할 정도의 변화를 느꼈죠. 팔다리에 근육이 잡히고 코어에 힘이 들어가는 느낌이 들었어요. 제가 태권도 수련 중에서도 특히 발차기를 정말 좋아하거든요. 처음에는 잘 올라가지도 않고 비켜 맞고 하다가 다양한 발차기 기술을 구사할 수 있게 되니까 더 재밌더라고요. 체력이 좋아지니 당연히 기분은 덩달아 좋아지고요."

(미셸 리)

"태권도를 마치면 '기분 좋게 지친 상태'가 되는 것 같아요. 완전히 이완되면서 상쾌한 느낌, 나를 짓누르고 있던 압박감이 해소되는 듯한 느낌도 들어요. 특히 태권도 중에서 발차기 수련을 가장 좋아하는데 발차기를 할 때 가장 큰 쾌감을 느껴요."

(비비 신)

“저는 운동을 좋아하거나 배웠던 사람은 아니었어요. 운동에 신경 쓸 여력이 없는 생활이었거든요. 늘 책상 앞에 앉아서 머리를 쓰는 삶이었고 잠시 머리를 식히러 산책하러 나가는 정도가 제가 했던 운동의 전부였어요. 그러니까 이런 제가 이렇게 강도 높은 운동을 한 것은 완전 처음이죠. 그런데 태권도를 하다 보니 이렇게 높은 강도로 몸을 쓰면서 얻는 쾌감이 엄청난 카타르시스를 준다는 것을 느꼈어요. 무엇보다 제일 재밌는 것은 발차기죠. 처음에는 다리도 안 올라가고 그랬는데 조금씩 향상되는 내 모습을 보면서 그 자체가 큰 강화가 됐어요. 제가 나이가 있다 보니까 젊은 사람들하고 애초에 비교할 생각은 안 했어요. 그냥 제 비교 대상은 예전의 나일뿐이죠. 그런데 다리가 점점 올라가고 정확하게 발차기를 할 수 있게 되니까 내 자신이 향상되는 느낌이 들면서 기분이 좋아지더라고요. 난생처음 해보는 움직임에 도전하고 그게 가능해질 때 몸뿐 아니라 마음이 확장되고 진취적으로 변하는 느낌이 들어요."

(에스텔라 리)

가장 오래 수련한 에이미가 태권도 수련 이후 확인한 신체적 변화가 '복근'이라고 했을 때 미쉐린타이어 마스코트인 미쉐린맨 같은 내 복부가 떠올랐다. 나의 두 손으로 지금은 너무나 먼 '복근'을 촉진할 수 있는 날이 올 수 있을까. 어떤 운동을 배우든 언제나 코어를 강조하고 코어에 힘을 주라고 한다. 하지만 나의 그 코어에 준비된 복근은 없어서 지방 깊숙한 어떤 곳을 삼차원으로 상상하여 억지로 힘을 주어야만 했던 날들이었다. 내가 에이미처럼 2년을 수련해도 복근이 쉬이 잡히지는 않겠지만 희미하게나마 복근의 존재를 느낄 수 있기를 기대해본다.

30년 이상 태권도인으로 살아오신 우리 사범님은 태권도의 핵심이 단순한 스포츠로서의 운동이 아니라 '무도성'에 있다고 강조하셨다. 신체 단련을 통한 강한 정신력의 함양이 중요하다는 것이다. 무술은 격투 기술을 중시하는 것이며, 무예는 단순히 기술을 넘어 미적, 예술적 경지를 지향한다면 무도는 기술을 초월한 인격의 완성에 가깝다고 이해할 수 있다. 무도로서의 태권도가 신체 단련을 통해 온전한 인간됨을 지향하는 것이니, 태권도 수련을 통한 심리적 변화가 동반되는 것은 필수 불가결하다. 중년의 우리 모두는 무도로서의 태권도를 맛보고 즐기기엔 아직 수련이 한참 부족하다. 하지만 에이미처럼 도복을 입은 순간 '완전히 달라진 나'를 만나는 느낌이라거나 새로운 몸의 움직임을 시도하고 완성하는 과정에서 마음이 확장되는 느낌이 좋다는 에스텔라 모두 '무도의 태권도' 트랙에 올라타 이제 막 걸음을 떼고 있을지도 모르겠다.

중년에게 '나'에 대한 자기 개념은 크게 변화

하고 성장할 만한 것이 없을 것처럼 느껴진다. 그동안의 인생 경험으로 내가 좋아하고 싫어하는 것, 할 수 있는 것과 없는 것이 대부분 고정되었다. 삶의 태도와 가치관에 대해서도 그렇다. 하지만 태권도라는 완전히 낯선 움직임에 집중하고 허공에 내지르는 주먹과 발을 보며 내가 알고 있는 내가 깨지고 변화하는 것을 느낀다.

예전부터 '극기'라는 단어가 싫었다. 험한 세상에 자신을 사랑하고 돌봐줘도 모자란 인생인데 왜들 그렇게 자신과 싸워 이기라고 하는지 이해가 되지 않았다. '극기'라는 단어에 대한 선입견은 중학교 극기훈련에서 비롯됐다. 이겨내야 할 '자기'가 누구인지 모르는 불안정한 질풍노도의 시기에 무슨 극기훈련이란 말인가! 허름하기 이를 데 없는 수련관에 도착하면 목에는 호루라기를 걸고, 빨간 모자를 눈이 안 보일 정도로 눌러쓰고, '난닝구'인지 민소매인지 모를 상의와 군복 바지를 입은 젊은 남성 교관이 내

내 소리를 치며 혼을 냈다. 얼마나 짜증이 났던지 교관의 이름을 알아내 내 인생 '용서하지 못할 자' 치부책 한편에 저장해 두었다. 군대식 훈련을 마치고 제대로 씻지도 못한 채 친구들과 한 방에 끼여서 깔끔하지 못한 이부자리에 누우면 집이 그리워졌다. 극기훈련의 목적이 집 밖에서 개고생을 시켜 집과 부모의 소중함을 일깨우는 것이라면 소기의 목적은 달성했다고 할 수 있겠다.

나에게 극기란 그런 것이었다. 하지만 태권도 수련을 하면서 그동안 부정적으로 각인되었던 '극기'에 대해 새로운 관점이 생겼다. 내가 알고 있는 나에 대한 새로운 깨달음, 혹은 확장이 극기였던 것이다. 운전면허를 따고 자동차를 몰았던 때가 기억난다. 대중교통으로는 쉽게 가기 힘든 곳을 향해 운전대를 잡고 가는 길에 느꼈던 시간과 공간의 확장성과 그에 따른 쾌감을. 수련 과정에서 내 몸을 단련하고 근육의 감각을 깨우고 조절하는 것은 내 몸의 운전대를 내가 잡고 있는 것일지도 모르겠다. 노화의 폭풍우가 밀려와 파도가 얼굴을 때려도 예전처럼 많이 두렵지 않다.

다른 운동과 구별되는 태권도의 매력은 무엇인가요?

"성인이 되고 어떤 운동이든 해야 할 것 같아서 꾸준히 수영을 했어요. 제가 한번 시작하면 끝을 보는 성격이라 모든 영법을 다 배웠어요. 그런데 그다음이 없더라고요. 저는 목표를 세우고 목표를 향해 달려가고 그 성과를 확인하는 과정 자체를 즐기는 사람인데 수영은 그런 면에서 좀 지루했어요. 저 같은 성향의 사람이 태권도를 계속 재밌게 할 수 있는 것은 승단제도 때문인 것 같아요. 그다음, 그다음이 착착 있거든요. 노력의 결과를 확인할 수 있고 배울 게 있고. 그런 점이 저하고 잘 맞아요."

(에이미 전)

"저는 다른 분들과 다르게 아이들과 함께 수련을 하니까 태권도 수련에서 좀 더 특별한 경험을 하는 것 같아요. 일단 아이들과 똑같은 도복을 입으니까 평등한 느낌이 들고요. 애들이 저보다 훨씬 잘하잖아요. 평소에는 엄마로서 아이들을 훈육하고 때로는 지적하고 그러는데, 태권도를 할 때는 제가 무조건적으로 애들한테 칭찬하고 박수쳐줘요. 막상 내가 해보니까 애들 하는 게 얼마나 어려운 건지 잘 알아서 진심으로 대단하다고 자랑스럽다고 박수를 치죠. 그런 경험들이 아이들 관계에서도 긍정적으로 작용하는 것 같아요. 애들을 평가하고 지적하는 일도 조금 줄어든 느낌도 들고요. 이런 경험을 하다 보니 태권도를 가족 수련으로 시작해보는 것도 괜찮을 것 같다는 생각도 듭니다."

(미셸 리)

"태권도 수련은 50분 동안 지루할 틈이 없어요. 길지 않은 시간 동안 체력 훈련도 하고 품새, 격파, 발차기, 겨루기 등등 골고루 하니까요. 저는 운동을 좋아하는 사람이라 20대에는 수영을 제대로 배웠고 출산하고 일하고 애들 키우면서 운동을 전혀 못 하다가 4~5년쯤 다시 새벽 수영을 시작했어요. 영법은 다 배워놓은 상태였고 더 배울 것은 없었어요. 그래서 수영을 하러 가면 레인을 쉬지 않고 반복해서 왕복하고 끝이에요. 운동을 위한 운동이랄까요. 그렇게 한 2년 하니까 재미가 없더라고요. 재미가 없으니 새벽 운동 나가는 것도 점점 싫어지더라고요. '재밌고 즐거운 활동하기'가 제 삶의 중요한 가치인데 그런 면에서 태권도는 제 삶의 가치에 제대로 들어맞는 운동이었던 거죠."

(비비 신)

"미국에 있을 때 명상도 했었고 요가도 배웠

어요. 둘 다 많은 장점이 있지만 태권도는 움직임 자체가 주는 박력과 진취성이 마음에 큰 자극이 되고 영향을 준다는 생각이 들어요. 그리고 여러 연령대의 여성들이 함께 수련을 하다 보니까 세대를 넘어 함께하는 동아리 같은 느낌이 들면서 묘한 연대감이랄까 그런 것도 들어 좋고요. 젊은 친구들의 긍정적인 에너지로부터 많은 영향을 받는다는 것도 좋아요."

(에스텔라 리)

중년의 수련 동지와 태권도 이야기를 나누면서 흥미로웠던 점은 우리 모두 아이를 키우고 살림을 하면서 각자 자기 분야에서 열심히 일하고 있는 지식 노동자들이라는 점이다. 대부분의 시간을 책상 앞에 앉아 머리를 쥐어뜯으며 공부를 하고 일을 했었을 것이다. 나도 그랬다. 연구계획서를 내고 논문을 읽고 책을 읽고 발표를 하고 글을 쓰고 또 쓰고. 이러다가 몸이 돌돌 말리는 것이 아닌가 싶었던 순간, 움직임이란 키보드 위를 왔다갔다 하는 손가락 열 개가 전부인 시간들. 그래서 영혼 없이 단순 반복적이고 기계적인 일로 도망가고 싶다는 생각도 잠시 했었다. 잠시 하고 말았던 이유는 그런 일에 순식간에 흥미를 잃고 그만둘 게 뻔한 종류의 사람이라는 걸 잘 알기 때문이었다. 학교 연구실에 있을 때 친구들은 종종 '머리 말고 몸 쓰는 일을 하고 싶어'라고 울부짖었다. 이것도 비슷한 맥락이다. 대부분 쓸 수 있는 몸 상태도 아닌 사람들이 하는 현실 도피성 외침이라는 것을.

중년의 지식 노동자인 수련생들은 도장에 몸을 쓰러 왔다는 점에서 모두 비슷하고, 품새 동작을 익히면서 태권도가 단순히 몸을 쓰는 것만이 아니구나 깨닫고 수련 초반 첫 번째 난관에 부딪히는 것도 똑같다. 마치 몸으로 공부해야 하는 암기과목 같은 느낌이랄까. 그래서 모두 발차기를 가장 재밌어한다. 초급 수련 동안의 발차기란 몇 가지 요령만 습득하면 도장이 쩌렁쩌렁 울리는 소리를 내며 속이 뻥 뚫리는 즉각적인 쾌감을 얻을 수 있기 때문이다.

하지만 수련 6개월이 넘어가고 흰 띠에서 노란 띠로 한 단계 승급을 하게 되면서 점차 품새를 배우는 재미에 은근히 스며들게 된다. 품새에 있는 동작들이 어떤 원리를 가지고 있고 실제 상황에서 어떻게 쓰일 수 있는지를 조금씩 이해하면서 암기과목 같았던 품새도 기본 공식을 적용해 풀어낼 수 있는 고차방정식이 된다.

발차기와 품새만 있는 것이 아니다. 격파도 있고 겨루기도 있다. 무엇을 좋아할지 몰라 다 준비한 것처럼 태권도에는 배우고 익혀야 할 것이 버라이어티하다. 결국 몸을 쓰러 왔다던 중년의 지식 노동자들의 마음속에 있는 지적 호기심과 성취동기에 불이 당겨지고, 수련생들은 어느 순간 다음 단계, 다음 단계로 올라가기 위해 몸을 단련하고 있는 자신을 발견하게 된다.

250

태권도 수련과 관련한 특별한 목표가 있나요?

"비록 선수는 아니지만 내 또래 40대 중에서 가장 품새를 잘하고 싶다는 마음이요. 그리고 태권도 동작 그 자체를 완성도 있게 하고 싶다는 마음도 들고요. 품새를 잘하려면 기본 체력이 좋아야 할 뿐 아니라 동작에 필요한 근육들이 균형 있게 만들어져야 해요. 그러려면 운동을 더 열심히 할 수밖에 없고 이러면서 선순환이 되는 것 같아요."

(에이미 전)

"저한테는 아이들과 함께 수련을 계속하는

그 시간 자체가 너무 행복하고 좋아서 아마 태권도를 계속하지 않을까 싶어요. 그리고 얼마 전에는 대회 참관을 가서 시니어 태권도 대회에 참가한 할아버지, 할머니들을 봤어요. 정말 멋있더라고요. 이전에는 태권도 수련에 대한 특별한 목표가 없었는데 그분들을 보고 나도 저런 태권도 시범단을 해보고 싶다는 생각이 들었어요. 일단 저희 중년 수련생 몇 명이 꾸준히 하면 그렇게 될 수 있지 않겠어요?"

(미셸 리)

"태권도의 승단제도가 분명 태권도를 더 열심히 하게 만드는 동기를 자극하는 것은 확실한 것 같아요. 제가 좀 더 어린 나이에 태권도를 시작했으면 아마 올해는 몇 단을 따자 이런 식으로 목표를 세웠을 것 같아요. 그런데 지금은 그렇게 하고 싶지 않아요. 다치지 않고 편하고 즐겁게 오래오래 수련하고 싶어요. 그러다 보면 띠의 색깔이나 단증은 부차적으로 따라오겠죠. 언젠가 아들들하고 남편하고 가족 수련을 하고 싶어요. 두 아들은 초등학교 때 검정 띠까지 했었거든요. 지금은 청소년이라 아마 부모랑 태권도를 하고 싶지 않겠지만 아이들이 성인이 되면 마음이 조금 바뀔 수도 있지 않을까요? 그때까지 저는 꾸준히 해보려고요."

(비비 신)

"제가 조금 있으면 두어 달 미국에 체류해야 하는데 거기서 태권도 수련을 이어서 할 생각이에요. 중간에 몇 번 쉬어보니 꾸준히 하는 것만큼 중요한 게 없더라고요. 체력 훈련을 마치고 수준 별로 나눠서 따로 수련을 하잖아요. 그때 유단자들이 화려한 품새와 발기술을 구사하는 걸 보면 나도 모르게 입이 떡 벌어지고 부럽기도 하거든요. 그런 것들이 태권도 수련에 대한 동기를 자극하는 것 같아요. 그래서 그들처럼 검정 띠가 될 때까지 수련을 계속 해보자 하는 아주 장대한 목표가 생겼어요."

(에스텔라 리)

태권도를 꾸준히 하겠다는 결심은 우리 모두 같다. 에스텔라는 검정 띠를 향해, 에이미는 완성도를 갖춘 태권도 동작을 구사할 수 있는 것으로, 비비는 다치지 않고 오래오래 할 수 있는 목표로, 미셸은 시니어 태권도 시범단까지를 꿈꾼다. 누구도 '날씬한 몸'이나 '젊은 몸'을 목표로 두지 않았다. (물론 나와 달리 이미 '날씬한 몸'이라서 그럴 수 있다는 생각이 잠시 스치고 지나가긴 하지만 억지로 외면해본다.)

우리는 수단으로서의 태권도가 아니라 태권도 그 자체를 목표로 삼았다. 운동으로서가 아니라 무도로서의 태권도를 사랑한다. 태권도를 사랑하는 여성들이 모인 도장의 바이브를 온몸으로 느끼는 것은 그 어떤 건강식품을 먹는 것보다 더 큰 에너지를 충전시킨다. 일에 지쳐 있을 때, 여기저기 현존하는 인간의 고통을 마주하며 끝없이 바닥으로 가라앉는 느낌이 들 때, 발차기를 잘못해서 허공에 헛발질을 한 뒤 꽈당 도장 바닥에 대자로 누워 깔깔깔깔 웃던 한 수련생의 얼굴을 떠올린다. 자유와 해방감이라는 추상적인 개념을 얼굴 표정으로 드러낸다면 저런 모습이 아닐까 싶었다. 그 표정을 누끼로 따서 스티커로 만들어 보이는 곳곳에 스티커로 붙여놓고 싶기도 하다. 그리고 그 순간 '괜찮아!'를 연호하며 진심으로 격려했던 다른 수련생들의 목소리를 녹음해 듣고 싶다. 나이도, 배경도, 성격도, 꿈도 모두 다른 우리지만 그때 우리는 분명 진하게 연결되어 있었고 서로에 대한 믿음이 새로운 움직임을 향해 마음껏 도전하게 만드는 베이스캠프가 되었다.

여전히 태권도를 시작할 엄두를 내지 못하는 당신에게

아래 문항은 100% 개인 경험에 기반하여 추출한 것으로 신뢰도와 타당도는 전혀 검증할 수 없다는 점을 주의하기 바란다. 아래 문항에 세 개 이상 해당된다면 주변 태권도장에 전화를 걸어보자. 관장님은 성인 수련생을 몹시 반가워할 것이다.

◆ 땀을 뚝뚝 흘려야 운동을 한 것 같은 느낌이 든다.

：수련 시작 30분 안에 얼굴에서 흐르는 땀방울을 느낄 것이다.

◆ 수행 과정에 대한 피드백이 있는 운동을 좋아한다.

：달성해야 할 목표가 구체적이고 정확하게 있는 운동, 내 수행이 어느 정도인지 피드백이 있는 운동을 선호한다면 무조건 태권도다. 지루하고 단순 반복을 싫어하는 사람이라면 태권도 수련이 적합하다. 태권도에서 배워야 할 것은 끝이 없고 정기적인 승급심사는 도전 정신을 고취시킨다.

◆ 각종 장비가 필요한 운동은 좋아하지 않는다.

：태권도는 도복만 입으면 O.K. 신발도 필요 없다. 우리는 맨발이다. 피트니스 센터에 신발 몇 켤레 기부했던 경험이 있는 사람이라면 더욱 추천한다.

◆ 운동복에 많은 투자를 하고 싶지 않다.

: 운동복의 가격도 천차만별이다. 운동복을 제대로 갖춰 입어야 운동할 맛이 난다고 생각하지만 매번 운동복에 투자하는 금액이 부담스럽다면 태권도를 시작하라. 사이즈만 다를 뿐 우리는 모두 같은 도복을 입는다. 오로지 수련에만 집중한다.

◆ 혼자 운동하는 것은 부담스럽고 그렇다고 단체로 운동하며 사람들과 친교를 쌓는 것도 별로 좋아하지 않는다.

: 체력 훈련을 할 때는 단체로, 품새 동작을 배울 때는 개인으로, 겨루기나 발차기 훈련을 할 때는 2인으로 짝을 지어 수련한다. 지루할 틈도, 다른 사람과 사담을 나눌 시간도 없다. 모든 에너지는 1시간 동안 오직 수련으로만 활활 태운다. 태권도인은 사적인 질문을 거의 하지 않는다. 몇 살인지, 뭐 하는 사람인지 묻지 않는다. 도복을 입고 만난 사이는 도장 밖에서 사복을 입으면 서로 알아보지 못한다.

◆ 기존 운동 회원의 텃새로 인해 운동하러 가기 싫었던 경험이 있다.

: 기존 회원들의 고정 자리가 있는 운동이 있다. 신규 회원이 눈치 없이 고참의 자리를 침범했다가 운동하는 내내 곱지 않은 시선을 받는 경우도 있다. 대놓고 말은 안 해주면서 미묘하게 간접적인 방식으로 서열이 정해져 있는 그런 분위기 말이다. 태권도 수련은 철저한 계급사회다. 흰 띠를 맨 사람은 사범님의 안내로 무조건 맨 뒷자리에 서 있어야 한다. 흰 띠는 무조건 맨 뒷자리다. 띠 색깔별로 항상 줄을 서기 때문에 오늘은 어떤 자리에 있을까 고민할 필요가 없다. 또 유단자들은 흰 띠를 맨 수련생에게 굉

장히 호의적이다. 더 큰 박수로 응원하고 환호해준다.

◆ 주변에 무례한 사람이 많아 평소 화가 많고 가끔 뭔가를 부수고 싶은 충동이 든다.

: 다시 한번 말하지만 태권도는 평화의 무예다. 그런데 어쩌랴. 타격의 쾌감은 어마어마한 정서적 카타르시스를 가져다준다. 손기술로, 발기술로 타격 수련을 하다 보면 알게 된다. 결국 필요한 것은 조절이라는 것을. 무언가를 부숴버리고 싶었던 마음은 어느 순간 사라지고 좀 더 정교하게, 더 높이 타격을 하고 싶은 목표가 생긴다.

◆ 운동을 시작함과 동시에 강해 보이고 싶다.

: 성인 여성이 뒤늦게 태권도 수련을 시작할 때의 이점이다. 나는 비록 흰 띠지만 "사범님이세요?"라는 질문을 들을 수 있다.

◆ 몸과 마음을 함께 단련하고 싶다.

: 20년 차 심리학자가 보증한다. 신체 감각을 깨우고 새로운 움직임을 시도하면서 지금과는 다른 나를 만날 수 있다.

에필로그

초등학교가 있는 동네 어디에나 태권도장이 있다. 태권도장이 있는 동네에서는 도복을 입은 꼬마들이 도장으로 향하는 노란버스에 후다닥 올라타는 모습을 자주 볼 수 있다. 가끔 SNS 알고리즘에 짧은 다리를 겨우겨우 들어 올려 발차기를 하고 폭신한 만주 빵 같은 달콤한 주먹으로 격파를 하는 어린이 태권도 영상이 뜬다. 기합 소리만은 국가대표 저리 가라 하게 지르면, 어른들은 하하호호 웃으며 박수를 친다. 태권도마저 귀여워지는 순간이다.

중년의 끝자락에 도복을 입었다. 귀여움 따

위는 물론 없다. 수분기가 점점 빠져 자주 건조해지는 맨발로 도장에 선다. 그동안의 생활 습관에 맞게 꾸덕꾸덕해진 관절과 근육들을 깨우고 새로운 바람을 불어 넣어준다. 어느덧 내 몸이 출격 준비를 마친 병기가 된 것 같은 착각이 들면서 내면 깊숙한 곳에서부터 뭐든 이겨낼 수 있을 것 같은 자신감이 올라온다.

1999년 드라마 〈청춘의 덫〉에서 가장 유명한 대사를 꼽으라면 아마도 심은하 배우의 "당신, 부숴버릴 거야"라는 문장일 것이다. 이 문장을 품고 때때로 내면의 욕으로 이 문장을 활용하는 중년 여성이 있다면 태권도장으로 오라고, 누구도 해를 입지 않고 이 문장을 몸으로 실천할 수 있다고 권하고 싶었다. 이처럼 수련 초반에는 태권도는 평화의 무예라는 사실을 늘 일깨워주시는 사범님의 가르침을 지키지 못했다. 프로도 아닌데 잠깐의 수련 시간 동안 해묵은 감정에 대한 카타르시스라도 얻는다면 수련의 목적을 충분히 달성하고도 남는다고 생각했다. 지르기와 발차기를 할 때 사범님이 들고 계신 미트에 누군가의 얼굴을 슬쩍 상상으로 겹쳐 올려놓은 적이 없다고 하면 거짓말이다. 그렇게 몇 달이 지났다. 부숴버리고 싶은 사람들에게 향했던 마음이 조금씩 사라졌다. 점차 내 몸의 균형과 각도, 힘의 배분에 집중하는 시간이 늘었다. 그동안 외면했던 몸이 보내는 무언의 소리에 귀를 기울이니 몸과 함께 마음이 단단해짐을 느낀다. 외출하기 전 전신 거울 앞에서 옷이 잘 어울리는지 아닌지 한번 슬쩍 보는 것이 전부였는데 지금은 사방이 거울인 도장에서 도복을 입고 오직 움직임 그 자체에 초점을 맞춰 나를 비추어본다. 그러다 보니 예쁘고 못생기고 날씬하고 뚱뚱하고 젊고 늙고가 아니라 그냥 내 몸을 조건 없이 긍정하게 되었다.

태권도의 무도성이 어쩌구 신체 명상이 어쩌구 저쩌구 해도 여전히 많은 사람들이 건강을 목적으로 체중을 감량하고자 하니 '다 됐고, 그래서 결국 태권도를 하니 살이 빠지나요?'라고 물어보고 싶을 수도 있겠다. 꾸준한 운동의 결과로 따라오는 백만 가지 긍정적인 효과를 언급해봤자 운동을 할지 말지 결정하는 데 있어 체중계의 눈금으로 증명되는 바로 그것이 여전히 가장 중요할 것이다.

그래서 책을 준비할 때의 마음은 이랬다. '태권도 수련을 하니 마음 건강은 물론이거니와 살이 이렇게나 많이 빠졌어요. 정말 놀라운 운동이랍니다. 특별히 식단조절을 한 것도 아닌데 말이죠. 다들 도장으로 오세요.' 그리고 태권도 수련 시작 전과 후 포토샵이 필요 없을 정도로 드라마틱하게 변한 사진을 들고 북토크를 해야겠다는 야무진 결심을 했었다. 주먹 두 개 정도 너끈히 들락달락 거릴 수 있는 청바지를 옆으로 쭉 당긴 채 서 있거나 누가 봐도 칙칙하고 음침하며 거북이가 형님하며 부를 것 같은 자세에서 지금 막 쾌변을 마친 듯한 상쾌하고 밝은 표정이 된 사진을 보여주면 더 좋겠다.

눈치를 챘겠지만 이렇게 사설이 긴 이유는 1년이 지나고 책을 마쳐야 하는 지금 이 시간, 수치로 증명할 수 있는 뚜렷한 다이어트로서의 성과는 없기 때문이다. 2장을 참고하라. 나는 타고난 우량아였다는 사실을. 그러나 우리에게는 인바디가 아닌 '눈바디'가 있지 않은가! 한낱 체중계 따위로는 증명해낼 수 없는 느낌적 느낌의 몸의 변화는 분명히 있다. 도장을 나설 때 오르던 40여 개의 계단을 이제는 중간에 쉬거나 헉헉대지 않고 가볍게 걸어 올라갈 수 있다거나 팔과 다리는 점점 로버트 태권V 주제가 '무쇠팔 무쇠 다리 로켓 주먹'이 되어가고 있다는 것도 달라진 점이다.

길을 건너려고 횡단보도에 서 있으면 길 건너편에 한 손바닥을 다른 한 손바닥에 부딪히며 허리와 골반을 비틀고 골프 스윙 연습을 하는 남성들을 종종 목격한다. 신호가 바뀌는 몇 분의 대기 시간도 허투루 보내지 않겠다는 의지일까. 골프가 너무 재밌어서 완벽한 폼을 구사하고 싶다는 동기일까. 그런데 지금 가끔은, 신호등을 기다리며 주먹을 내지르고 배웠던 품새 동작을 복기하는 나를 발견한다. 태권도는 좀 더 정확하게 제대로 동작을 만들고 싶은 욕구를 자꾸만 자극하는 운동이다. 꽤 오랫동안 나는 나 자신을 '운동에는 뒤듬바리인 사람'으로 정의했었다. 그렇게 규정했기 때문에 새롭게 몸을 움직여볼 기회를 아예 차단한 채 살아왔다. 머리가 아프거나 배가 아플 때처럼 신체적 고통이 있을 때에야 겨우 인식했던 신체 감각들을 이제는 좀 더 자주 자각하고 관찰한다. 이보다 더 귀한 자기 돌봄이 또 있을까.

이 책이 출판될 때쯤 주황색 띠에서 파란색 띠로 달라져 있을 것이다(그러길 바란다). 언제까지 태권도를 계속할지 알 수는 없다. 수련을 시작할 때는 무거운 몸을 허공에 띄우며 날아올라 송판을 격파할 수 있는 그날까지 해보겠다 결심했지만 지금은 달라졌다. 수련을 마칠 때마다 우리는 "바른 생각, 넓은 마음, 건강한 신체"라고 다 함께 소리친다. 어쩌면 '날아차기'보다 더 어려운 목표일 수 있는 그곳을 향해 정해진 시간에 도복을 입고 맨발로 도장에 서서 내 몸이 보내는 무언의 소리를 들을 것이다. 덤으로 검정 띠를 두 번 휘감아 길게 늘어뜨릴 수 있도록 뱃살이 도망가 준다면 더할 나위 없이 기쁠 것 같다.

내 꿈은 날아 차

초판 1쇄 인쇄 2023년 3월 21일
초판 1쇄 발행 2023년 3월 30일

지은이 고선규
펴낸이 이상훈
편집인 김수영
본부장 정진항
편집2팀 허유진 원아연
마케팅 김한성 조재성 박신영 김효진 김애린 오민정
사업지원 정혜진 엄세영

펴낸곳 ㈜한겨레엔 www.hanibook.co.kr
등록 2006년 1월 4일 제313-2006-00003호
주소 서울시 마포구 창전로 70(신수동) 5층
전화 02-6383-1602~3 팩스 02-6383-1610
대표메일 book@hanien.co.kr
ISBN 979-11-6040-966-6 (03810)

•책값은 뒤표지에 있습니다.
•파본은 구입하신 서점에서 바꾸어 드립니다.